終末世界はふたりきり

第一話　ごはんをたべよう

——灰色の廃墟、ほうぼうに生えた雑草、無人の町。今日も世界は滅んでいた。

終末を遂げた世界は墓場のように静かで、ひしめくビルは墓標のよう。いずれもほとんど窓はなく、根元には蔦《つた》が無秩序に絡みついていた。

もう二度と色彩を灯すことのない信号、朽ちた車、割れたアスファルトと、その隙間から伸びた緑色——ざく、と一つの足音が、名も知れぬ雑草を踏んだ。

静まり返った世界で、たった一つの足音が響く。その足の主は、骨のような灰色のローブをすっぽりとまとった魔法使いであった。分厚くて大柄な男だ。魔法使いのローブなんかよりも、迷彩服と小銃が似合いそうな。その顔は深く被ったフードの中の暗闇でうかがい知れない。

男は辺りの景色を特に気にするでもなく、散歩めいた何気なさで割れたアスファルトの上を歩いていく。燃え尽きた車や幾つかの瓦礫《がれき》、黒ずんだ血だまりの痕跡を、日常風景のように通り過ぎていく。天気は快晴で、廃墟から伸びる緑を青々と照らしていた。

かくしてたどりついたのはスーパーだった。無論、ボロボロの看板を掲げた廃墟であるが。

「お邪魔します」

自動ドアを手動で開けて、男は一言挨拶をしながら店内へと入った。「いらっしゃいませ」などという返事はなかった。それでも彼が挨拶をしたのは、一応は不法侵入にあたるので「まあ良くないことをしているな」という自覚に起因する。

無音の店内は埃《ほこり》っぽく、長らく人の手入れが施されていないことを物語る。しかしその床には足跡が幾つも残っている。それは全てこの魔法使いのものだ。彼はここによく足を運ぶ。食料や生活用品の調達のためだ。

電気はとうに止まっている。窓から射し込む午後の麗《うら》らかな日差しだけが、ほの明るい光源だ。商品棚には色々なものが並んでいる。野菜、果物、肉、お菓子、レトルト――こういった食品類には防腐魔法がかけられているので、千年先も新鮮である。もともと防腐魔法は死体を腐らせないために発明されたものなのだが、それを食料に施せばどれだけ便利になるか、人類が気付くのは早かった。

(今日は何を作ろうかな……)

悠長に、背負っていたリュックを手に考える。

(カレーか……チャーハンか……いや、ハヤシライス……)

悩んだので、ゴソリと懐《ふところ》から平べったい骨を取り出した。

「先を示せ。主に晩ご飯の」

言霊《ことだま》と共に魔力を込める。そうすれば青白い火が灯って、乾いた音を立てて骨に亀裂が入った。根のようにランダムに入ったその亀裂をしげしげと眺める。

「うん、ハヤシライス。ビーフで」

男は占いの結果に従うことにした。手にしていた骨は炎をまとわせ灰にして、大気の中の塵《ちり》に変えた。きらきら、かつて骨を形成していた塵が午後の陽光に瞬く……。

男は店内をうろつき、牛スジ肉、玉ねぎ、ハヤシライスのルーをリュックに入れた。それからしばらくスーパーに来なくても良いように、幾つかの食材も。そろそろなくなりそうだったので牛乳も。パッケージにちょっと埃が積もっているが、中身については問題ない。

(あとはー……)

ローブの中にしまっていた買い物メモを見る。食パンと、洗濯洗剤と、歯磨き粉のストック。それらも商品棚から探して、滞りなくリュックに入れる。

次にお菓子コーナーへ、重たくなってきたリュックを背負い直しながら向かった。

指差し確認しながら、手に取るのはチョコレート菓子だ。チョコココーティングされたクッキー、キャンディサイズの袋詰め、麦チョコ、板チョコ、エトセトラをぽいぽいリュックに入れていく。

（そろそろ、この店のチョコレート菓子のストックも減ってきたなぁ……）

チョコを切らすのは良くない。『あの子』にぐずられてしまう、と、魔法使いはフードの陰でそっと溜め息を吐く。『あの子』を甘やかしすぎだろうか、我慢を覚えることも大事だと、もう少し厳しく教育すべきか……今日もまた彼は頭を悩ませていた。

（まあいいや……また明日考えよう）

そして今日もまた、悩みを先送りするのだった。時間が悠久にありすぎると、「時間はあるしまた今度でいいや」「いつかなんとかなるでしょ」という思考になりがちである。

そんなことを考えながらレジに向かう。テーブルの上に紙幣を置いた。そこには彼がこれまで置いてきた紙幣がどっちゃりと積まれている。あるいは床に落ちてしまっている。もうお金を払う意味はない――むしろお金というものに価値がなくなってしまっているのだが、それでも魔法使いはなんとなくの律儀さでお金を払っていた。

（……何かを忘れてる気がする……）

再び自動ドアを手動で開けて、閉じて、朽ちた車が疎《まば》らに並ぶ駐車場を歩く。何か目的を持って出かけた時って、しょっちゅう「何か忘れてるような」という気持ちになる。家の鍵を閉めたっけ、財布持ったっけ、買い忘れないっけ、などなど。なので買い物メモをもう一度見た。買い忘れはない、と思われる。

(こういう時ってだいたい杞憂《きゆう》なんだよね)

というわけで、また気ままな歩調で廃墟の世界を歩くのであった。


好き放題に街路樹が育った道を行き、ひしゃげた標識を通り過ぎ、人工物は全てモノトーンと化した街を進んで、そうすればやがて景色はありふれた住宅街へ。

男は拾った枝で、錆《さ》びた柵をカンカンカンとなぞっている。並ぶ家々は静まり返り、庭はもれなく貧乏草が生えている。生き物の気配はなかった。魔法使いは飽きた枝をポイと捨てた。


それからややあってのことである。

「おーい!」

天真爛漫な幼い少女の声が、ゴーストタウンに響いた。それは男のいる位置からはやや上の方からであった。

顔を上げれば、近くの民家の二階のベランダから、少女が手を振っている。ティーンにも達していない幼い子供だ。色素の淡い金の髪と、人懐っこそうなアクアマリン色の瞳がキラキラしている。首から上しか見えないのは、ベランダの手すりに背伸びをしてしがみついているからだ。そんな少女の血色の悪い異様なほど白い肌は――彼女がゾンビであることを示していた。

「ネクロマンサー、おかえりー！」

「ユメコ、ただいまー」

魔法使い――死霊術師《ネクロマンサー》はヒラリと片手を上げた。そうすれば、ゾンビの少女ユメコはにぱっと明るく笑みを浮かべた。

ネクロマンサーとは、死者の霊魂や肉体に関する分野の魔術を扱う魔法使いのことである。ゾンビの作成・使役などが有名な魔術である。

ゾンビとは、魔術的要素によって動き歩くようになった死者のことである。アンデッド、リビングデッドとも言う。

ゆえにネクロマンサーとユメコの関係性は、一般的には主人と下僕なのであるが

――

「お布団干しといてくれてありがとー、あと洗濯物もありがとー」

男が緩い口調で言う。ユメコは得意気な顔をする。そこには上下関係というよりも親子のようなフランクさがあった。

ユメコがパタパタと家の中に戻っていく。彼もその家へと向かった。

このありふれた民家こそ、ネクロマンサーの拠点である。その証拠に、この民家だけ周りと比べて明らかに手入れされて整っていた。庭には野菜が植えてあり、窓はピカピカに磨かれていて、ベランダには灰色のローブと縦縞トランクス、ワンピースと女児用パンツが干されている。それから布団も。

一般的な中流家庭の一軒家だ。これといって特徴がない。新しくもなければ古くもない。二階建てで、ちょっとした庭があり、狭めの駐車スペースには車がなく、代わりにプランターが置いてある。ハーブやら野菜やらが育てられている。

ぎぃ、とこれまたありふれたデザインの門が開く。かつての住人のものだった表札は剥がされ、そこには『ゆめことねくろまんさーのいえ』と、幼い文字で書かれた板が貼り付けてあった。門を閉めた男は玄関のドアを開ける。

「ただーいまー」

言いながら、魔術装具である仰々《ぎょうぎょう》しいブーツを脱いだ。そうすれば元気いっぱいの足音と共に、廊下をダッシュしてユメコが来る。身にまとったクラシカルにかわいらしいワンピースの淑《しと》やかさとは対照的な勢いである。

「おがえりぃい!!」

力んでダミった声。ユメコは絹のようなセミロングの金髪と、それをハーフアップに結わえたリボンをなびかせて、男へぴょんと飛び付いた。タックルめいた勢いに若干よろめきながらも、小さな少女を抱き留める。

「おーユメコただいま〜。ちゃんとお留守番してたか」

抱っこしたユメコの背中をポンポン撫でる。女児はひとしきり分厚い肩口に顔をぐりぐり押し付けて甘えてから、「してた！」と笑顔を上げた。ゾンビではあるが一切のツギハギや傷痕のない、人形のように整ったかわいらしい顔だ。大きな彼に抱っこされていると、本当に人形のように見える。

「洗濯ものとお布団も干した！　掃除もちょっとした！」

「えらい！　ユメコえらい！」

ユメコの冷たくてモチモチなほっぺに頬擦《ほおず》りをする。彼の頬の剃り残した髭《ひげ》がジョリジョリとして、ユメコはきゃーっとハシャいだ声を上げた。

そうこう戯《たわむ》れながら居間へと向かった。ありふれた外観の部屋だ。ソファ、テレビ、食卓に椅子、ごく普通の台所。ユメコを下ろし、背負っていたリュックを「よっこいせっ」とテーブルの上に下ろす。

「ユメコ、これ冷蔵庫にしまうの手伝ってー」

「ネクロマンサー！　帰ってきたら手洗いうがい！」

「はい」

女児にそう言われては、すごすごと洗面所に向かうのだ。歯ブラシが二つ置いてある。成人用と女児用だ。歯磨き粉は「炭磨き口臭ケア」と「キシリトール入りイチゴあじ」の二つ。

「ちゃんと石鹸で洗うんだよ！」

「は～い」

廊下の向こうから聞こえてくる声に答えつつ、これまた仰々しい魔術装具である手袋を外して、筋張った大きな手を石鹸でキチンと洗った。そしてうがいをして、魔術装具を手に着ける。これ手を洗った意味なくね、と毎度思うのだが、ユメコの中では「外から帰ってきたら必ず手を洗わないといけない」ことになっているので、仕方がない。

「きれいきれいしましたよー」

男がのそのそと居間に戻ると、ユメコがリュックの中身を冷蔵庫にしまっていた。足りない身長は椅子に上って補っている。

この冷蔵庫を始め、この家の電気はネクロマンサーの魔力を変換して成り立っている。より具体的に言うと、そういった魔力変換蓄電装置があるのだ。なお食材には防腐魔法が施されているが、保存のために冷蔵庫にしまうのは、冷たいところに食品を置いておきたい人間のサガだ。まあバターのような温度で溶けるものや、冷えていた方がおいしい牛乳なんかのためではある。

「チョコレート！」

ユメコがリュックの中から見つけたお菓子に目を輝かせた。

「三時のおやつね。全部いっぺんに食べるなよー」

「あい！」

「食べないやつは冷蔵庫に入れときな」

彼がそう言うと、ユメコは散々悩んだ挙げ句、ピーナッツ入りチョコレートを今日のおやつに選んだようだ。ではと選ばれなかったチョコを冷蔵庫にしまって、男は「さて」とユメコへ向いた。

「ユメコ、今は何時でしょーか」

そう言って、壁にかけられた時計を指差す。時計の読み方は最近教えたばかりだ。

ゾンビ少女は冷たい脳味噌を捻って捻って、ウンウンと考える。

「さんじじゅういっぷん……」

「ファイナルアンサー？」

「まって……いや……うーん……ファイナルアンサー！」

「正解は……ダラララララ……ダン！　二時五十五分でしたー」

「あー！」

頭を抱えるユメコ。男はからから笑いながら、古びたソファに腰を下ろした。

「短い針が過ぎた数字が『時』で、長い針の『分』は0から59まであるんだよ」

「なんで『分』だけ、時計の数字通りじゃないの？」

「俺が『分』のための数字を魔法で消滅させたからだよぉ」

「ネクロマンサーのせいかー！　なんでそんなことする！」

ラフな姿勢で座っている男に、ピーナッツ入りチョコレートの箱を持ったユメコが飛び乗ってくる。ぺちぺち胸板を叩かれて、男は「ハハハ」と笑った。それからユメコを抱えて、自分の膝の上に置いた。

「時計に『分』の数字、戻してあげないの？」

「どうしよかなー、じゃあユメコが時計を読めるようになったらね」

「ほんと？」

「ほんとほんと。ほらもう三時になるから、おやつ食べてぃーよ」

「食べる！」

ユメコは上機嫌に、大きな膝の上でチョコレートの箱をぺりぺりと開けた。そうすれば現れるのは、真ん丸なピーナッツ入りチョコレートだ。

「いただきまーす」

「はーい」

ポリポリと小気味いい音を立てながら、ユメコはチョコレートを頬張る。魔法使いは彼女の柔らかな髪を撫でてやりながら、甘い味に頬を膨らませるゾンビを眺めていた。

「ユメコ、チョコおいしいかー」

「おいしい！」

「そっかそっかー。チョコ好きだもんな」

「うん！　……ねえ、ネクロマンサー。外どうだった？」

フードの陰の顔を見上げながら、ユメコが問うた。「外ぉ？」と彼は暗がりで片眉を上げる。

「別に、いつもと変わらんよ。いい天気で平和だった」

「そっかー」

質問をしたわりにはあんまり興味なさそうにユメコは答えた。それからチョコレートを一粒取ると、暗がりの中の唇にぐにっと押し付ける。

「ネクロマンサー、これあげる」

「あいありがとー」

チョコを押し付ける圧が強い……と内心思いながら、彼は押し付けられたチョコレートを口に含んだ。しばらく舌で転がしていると、チョコレートが溶けてゴツゴツとしたピーナッツの感触が表れてきた。甘い味だ。そのまま噛めば、チョコの甘さに調和した香ばしさが口の中に広がっていく。

「おいしい？」

「おいしいよー」

「じゃもうひとつぶあげゆ」

「もらゆー」

口を「ゆー」の形で構えていると、またユメコがそこにチョコレートをむにっと押し付けた。二人してポリポリとチョコを食べる音を平和に響かせる。

「ネクロマンサー、今日のご飯なに？」

ユメコは大きな膝の上、足をぶらぶらさせている。男が貧乏揺すりの要領で足を震わせれば、少女の体ががくがく動く。

「今日のご飯はですね、ハヤシライスです」

「はやしらいす」

「スパイシーじゃないカレーみたいなやつ」

「……アレか！」

「思い出したかー。そうですアレです」

「食べたい！」

「そーね、煮込むやつだし早めに作っちゃおか、その方が味染み込んでおいしいし。ユメコお手伝いできる？」

「できる！」

「えらい！　じゃあエプロン持っておいで」

「はい！」

ユメコは大きな膝からぴょんと下りると、軽快に駆けて行って、クローゼットからフリルたっぷりの可愛らしいエプロンを持ってきた。

「ちょーちょ結びして！」

「はいなはいな」

後ろを向いて催促すれば、長身の男はしゃがんでエプロンのリボンを蝶結びにしてくれた。そのまま彼はユメコの髪をハーフアップに結わえていた大きなリボンをほどくと、手早くポニーテールに結い直した。

「はーいできました」

「ちょーちょ結び？」

「ちょーちょ結び」

かわいいよ、と優しく言えば、ユメコはすっかり得意気だ。

「お手伝い！　ユメコ何する？」

「じゃあ玉ねぎを剥いて下さい」

「わかった！」

男から玉ねぎを渡されたユメコは、フンスフンスと意気込みながら、ゴミ箱の傍にしゃがみこんで玉ねぎの茶色い皮を剥き始めた。小さな手が玉ねぎを持つと、なんだか玉ねぎが大玉に見える。丁寧に丁寧に、大真面目な顔でユメコは玉ねぎの皮を剥いている。

その間にネクロマンサーは牛スジ肉を冷蔵庫から取り出した。さっき冷蔵庫に入れたばかりだからそんなに冷えていない。ちょうどいい。

「お肉を料理する時は、キンキンに冷えてない方がいいのよー」

「つめたーいところから、急にあつーいところになると、お肉がびっくりして味が落ちるから！」

「イエスその通りです。ユメコよく覚えてたねー、えらいえらい」

ユメコをナデナデすると、魔術装具である手袋を外した。外した手袋は適当にテーブルの上に置いておいた。それから包丁を持つ。

「ほうちょう」

ユメコが横目に包丁を見る。切るのやりたい……という目をしているが。

「こないだ包丁やるって言って指なくなっただろ～？　まな板ごと切っただろ～」

牛スジ肉を一口サイズに切り分けながら男が言う。ゾンビのユメコは痛覚がないのと、見かけ以上に怪力なのとで、そういうトラブルが起きてしまうことがあるのだ。

「俺あの時すっげービックリしたんだからね？　縫ったらくっつくゾンビでよかったよ、ほんと……」

「はい……」

「というわけで、見るのもお勉強です。俺の料理シーンをしっかり見てなさい」

「了解でーす……」

ユメコは口を尖らせつつ頷いた。そうして彼を見やれば、にんにくを細やかに刻んでいく姿が見える。

「肉とにんにくいれまーす」

牛脂の欠片《かけら》を油代わりに溶かし敷いた鍋に、切った牛スジ肉とにんにくを投入。男の手際はいい。その頃にはユメコが無事に玉ねぎの皮を剥き終わったので、肉を炒める作業はユメコに任せる。少女の身長では鍋に届かないので、小さな足場に上らせる。

「焦がさないようにね」

「おっけー！」

木ベラでぐりぐりと肉を転がすユメコ。じゅうう、と音がして、肉の焼けるいいにおいが漂い始める。油ににんにくの欠片がぽこぽこと爆《は》ぜている。食欲をそそる最高のにおいだ。

「いいにおいする……」

「早くも完成が楽しみですなぁ」

ネクロマンサーは包丁で玉ねぎを薄くスライスしていく。リズム良く包丁がまな板に当たる音が響く。新鮮で瑞々《みずみず》しい白い断面が露《あらわ》になる。

「グッ……！」

突然、男の呻《うめ》き声がそこに混じった。玉ねぎが目に染みるのだ。

「目がっ……」

「ネクロマンサー！　がんばれー！」

「ネクロマンサーがんばる……！」

目の痛みを堪えながら、フードの暗がりで目を涙でめしょめしょにしながら、魔法使いは玉ねぎをどうにか切り終えた。「目がつらい」だの言いながら、ユメコが肉を炒めている鍋へと投入する。

「よーしユメコ、引き続き炒めるのだ」

「うん！」

男は鍋をユメコに任せたまま、冷凍庫からビニールの保存袋に詰めたしめじを取り出した。キノコはカチコチに凍っている。

「ユメコに問題です……テテン！　なぜキノコを凍らせるのでしょーか」

「おいしくなるから！」

「正解！」

やり取りをしながら保存袋を開けて、既に石突きの部分は取ってバラしてある冷凍しめじを鍋にガサッとぶち込んだ。

「キノコは水でざぶざぶ洗うと風味が落ちるからなー、ユメコ覚えとけよー」

「はい！」

ほどなくすれば玉ねぎも肉もいい具合に火が通った。この時点で食べても、普通においしい野菜炒めになるだろう。しんなりとした玉ねぎは肉の風味をまとってツヤツヤと飴色だ。ごろごろしたスジ肉も問題なく火が通っている。肉と野菜の焼けたいいにおい。しめじの香りがそこに一花添えていた。

ネクロマンサーはユメコに「完了です」と炒め作業を終わらせると、鍋にウイスキーと水を目分量でドボドボ入れて蓋をした。少女は「おおー」とそんな様子に目を丸くする。

「お酒だ！」

「お酒です。いい香りになります。アルコールは飛ぶから大丈夫」

「酔わない？」

「酔わないよ。……で、あとはじっくり煮込みまーす。しばらく暇なのでソファでグッタリすっか」

「グッタリすゆー！」

という訳で、男はソファにゴロンと横になった。大柄なので足がいささかはみ出ているが気にしない。「ハイおいで」と胸板をぽんぽんすれば、ユメコがその上にしがみつくように横になった。甘えつくユメコの体は、彼が呼吸をする度に上下に緩やかに動く。少女が顔を横向けて人間の左胸に耳をあてがえば、温かな心臓の音が聞こえた。

「どっくんどっくん聞こえる」

「心臓が動いてるからね」

「ユメコのは動いてない」

「ゾンビだからね」

「ネクロマンサーあったかーい」

「ユメコはヒンヤリしてるねー」

「どおしてネクロマンサーは生きてるの？」

「無敵だから」

「……生きてないユメコは無敵ちがう？」

　ユメコが眉尻を下げた。すると大きな手が、彼女の頭を優しく撫でる。

「無敵の俺が作ったゾンビなんだから、ユメコも無敵だよ。それにユメコは死んでるけど生きてるから、生きてるだけの俺より凄い」

「ほんと？　ほんと？」

「ほんとほんと」

「んふー。ネクロマンサーだいちゅき！」

「俺もいっぱいちゅきよー」

　んーっとほっぺにチューしてやろうと顔を寄せると、ユメコはキャーっと笑いながら顔を伏せて逃げた。

「あっこら逃げるか、造物主ぞ、我造物主ぞ、こうなったら裁きの腕を発動しまーすウィーンウィーン」

「いやーーー！」

　胴の上のユメコの脇腹を両手でワシャワシャとくすぐった。ゾンビ少女はきゃいきゃいハシャぎながら、魔法使いの上でビチビチしている。「降参！　こーさん！」と笑いすぎて涙目のユメコが分厚い胸板を猛烈に連打したところで、ようやっと裁きの腕は終了した。

「はあ、くたびれた……」

くふくふと余韻に含み笑いながら、ユメコは温かい人体の上にうつ伏せになっている。大きな手が頭をゆったり撫でてくれると、少女は柔らかな心地に包まれるのだ。

「ねえねえ、ネクロマンサー」

「ん」

「なんで人間は滅んじゃったの?」

「研究所から未知のウイルスがブワーッと溢れて、ゾンビパンデミックが起きたからです」

「嘘だー、前はでっかい隕石のせいって言ってたもん。その前はカクセンソウウって言ってたもん。その前の前はネクロマンサーが滅ぼしたって言ってたもん」

いつもそうだ。ユメコがその問いを口にすると、彼は毎回異なる答えを返すのだ。だからこのやりとりは、もうお約束のようなコミュニケーションだ。

――などとしていれば、ハヤシライスもいい具合に煮込まれた。

「ユメコがルー入れる!」

「よーし、よろしく頼みます」

ユメコがねだるので、男は紙のパックからルーを取り出して、あらかじめ割ってから彼女に渡した。足場に上ったゾンビの手が、ルーを鍋に投入する。たぽたぽ、と茶色い欠片が鍋の中へ。ウイスキーを使ったので、湯気と共に漂うのは、なんともコクのある香りだ。

「あとは五分ほど煮込んでバターをブチ込めばオッケーです」

「はーい！」

しからば、五分の後にバターをひとかけら。濃厚な香りの、とろみのあるハヤシライスのできあがり。これであとは夜にまた加熱して食べるだけだ。ライスと一緒に。

ざぶざぶと水の音。使った調理器具――まあ包丁とまな板と木べら程度なのだが――を洗い、水切りカゴに置く。ネクロマンサーが洗って、ユメコが水切りカゴに置く役だ。これがいつもの食器洗いの風景である。

「あのね、ユメコいつも思うんだけどね」

「何ですかユメコさん」

エプロンを脱がしてもらいながら、ユメコは続けた。

「お料理とか、お洗濯とか、なんで魔法でぱぱぱーっとやっちゃわないの？　ネクロマンサーは魔法使いなのに」

「それはね。全部魔法で済ませちゃったらつまんないからだよ」

「つまんないって？」

「ある程度アナログの方がおもしろいこともあるってことさ。それにもしも何か事情があって魔法が使えない時、いざ自分の手でやるとなると、なんにもできなくなっちやうだろ？　特に料理」

「……確かに！」

「それにね、これは未だに解明されてない謎なんだけど……全く同じ材料で作った全く同じ料理でも、不思議と人は魔法で作ったものよりも手作りの方をおいしく感じるんだ。不思議だろ？」

「へぇ～」

「ま、忙しい時は便利なんだけどね。魔法でバーッと家事しちゃうの。俺は体動かすこともかねてアナログでやるのが好きなだけで」

まあでももう忙しくなる時なんてないし、と男はエプロンを畳んだ。

「昔は時々言われたなぁ、『ネクロマンサーってゾンビにご飯作らせたりしてるんですか？』って」

「してたの？」

「稀《まれ》にしてたよ。でも細かすぎる作業をさせるのは難しいからね、インスタントラーメンにお湯を注いで三分待つだけとかその程度」

「それならユメコもできる！」

「ユメコは目玉焼きなら作れるもんな、あとレタスむしって作るサラダとか」

「うん！」

「えらい！」

大きな手が少女を撫でる。ユメコは得意気に、それから鼻歌交じりに言った。

「ハヤシライス楽しみ！」

「俺も楽しみよー」

魔術装具の手袋をつけた男が頷く。お米については冷蔵庫に昨日炊いたやつが残っているので、それをチンするつもりだ。

「じゃあ俺は工房の方にいるからね。ユメコ、ハヤシライスつまみ食いするなよー。チョコも食べたらダメだぞ」

工房とは、魔法使いが魔法を研究したり、魔法の補助や媒介となる道具や薬をこねくりまわす、いわゆる作業部屋のことだ。ユメコは「はーい」と答えると、玄関の方へ向かった。お外で冒険ごっこしたい気分だったのだ。

「ユメコ冒険ごっこ？　あんまり遠くに行かないようにね、あと絶対に夕方になる前に帰ってきなさいよー」

「はーい！　いってきまーす！」

「いってらっしゃーい」

「――それで、冒険の成果はいかほどでしたか、ユメコさん」

時間は過ぎて夕方、窓の外は茜色。斜陽が滅んだ世界に長い影を落とす。お外を満喫してきたユメコは――手洗いうがいをキチンと終えている――居間の椅子に座りながら声を弾ませる。

「あのね！　今日は隣のお家にいってたの。庭がね、草ぼーぼーでね！　んとね、ハサミ見つけたからね、草刈り遊びしてた！」

「そっかそっか」

「ネクロマンサーは何してた？」

「俺ー？　怪我治す薬作ってたよ」

男は台所で、緩やかに加熱中のハヤシライスの鍋をかき混ぜている。ちなみに点っている火は魔法の火である。ネクロマンサーは死者の霊魂や肉体をアレコレすることが専門の魔法使いだが、軽い火を出したりちょっとした治療薬を作ったりと、基礎的な魔法もこなせるのだ。

ユメコは「そっかー」と返すと、部屋に漂ういい香りにソワソワと足をぱたつかせる。

「まだ？　まだ？」

「よしこれぐらいでよいでしょう。ユメコ、運ぶの手伝って」

「はーい！」

電子レンジでチンしたお米をお皿に載せて、あつあつのルーをかけて、スプーンとコップと牛乳を用意して。テーブルの上に今夜のごちそう。向かい合って座った二人は、「いただきまーす」と声を揃えた。

「……おいしい！」

ユメコはほっぺをハヤシライスでいっぱいにして、幸せそうに微笑んだ。なんともいい香りのする、コク深いハヤシライスである。肉にウイスキーの風味が染み込んでいる。玉ねぎも甘い。しめじがいい風味を添えている。ルーには肉と野菜の風味がとろけていた。お米も炊きたてでこそないがルーに絡んで絶品の味わいだ。まろやかな甘みと優しさが空腹を満足させる。

「おいしいねぇ」

男は柔らかな声でユメコの言葉に答えた。

「いっぱい作ったから、あとでまた食べれるよ。次は食パンをカリっと焼いて食べてもいいね」

「やったー！」

「ふふ。おかわりもあるから、めいっぱいお食べ」

そう言って——ふと、スプーンを持つ手がピタリと止まった。ユメコが首を傾げた瞬間、男が「あ！」と勢い良く立ち上がる。

「おおう、ネクロマンサーどした？」

「やべーーッ！　結界魔法かけ直すの忘れてた！　今日出かけた時にかけ直そうと思ってたのに！」

帰り道の「何か忘れてるような」の正体はこれか。「ああー」と額を押さえ、やむをえんと開き直り、ネクロマンサーはハヤシライスの残りを豪快にかきこむと、ドタバタ大急ぎで何やら支度を始めた。それを見たユメコもガーッとハヤシライスを胃袋に放り込むと、ティッシュで口を拭きつつ立ち上がる。やれやれ、という目をしながら。

「ネクロマンサーはウッカリマンだな」

「ぐうの音も出ねえ！　行くぞユメコ、『奴ら』が来る！」

「はーい！」

二人は玄関から外へと飛び出した。世界はすっかり夜だった。文明の灯りが失われたおかげで空気が澄み渡り、星々が美しいほどに輝いていた。

だが、のんきに天体観測をしている暇はないのだ。

——夜の闇の奥の方から、呻き声が聞こえてくる。

それは無数の、歩く死者共の声だ。この世界には膨大な数の『歩く死者《アンデッド》』がおり、それらは昼の間はほとんど動かないが、夜になると活発化するのである。そして、死者共は命の気配に敏感だ。彼らはここらで唯一の生者であるネクロマンサーを狙っているのである。

そのため、普段は拠点周囲に魔法で結界を張り、彼らの侵入を阻んでいる。それは定期的にかけ直さないと意味がないのだが、ネクロマンサーはユメコ曰くウッカリマンなので、ウッカリ忘れていたのである。

その結果が、このアンデッドによる襲撃だ。

腐臭が漂う。べた、べた、と不規則な足音が連なる。滅んだ世界の澄んだ夜の中より、人の形をした人ならざる者共がよろめきながらやって来る。肉体はボロボロに朽ち、汚れ切った衣服をその肉に引っかけ、随所からドス黒い体液を滲《にじ》ませ、文字通りの歩く死体だ。ゾンビ映画に出てくるそれだ。

「ユメコ！　俺はちょっと結界張り直してくるから、その辺のアンデッド蹴散らしといて！」

「りょーかーい！」

男は工房から引っ張り出してきた魔法の箒《ほうき》にまたがると、ふわりと空へ飛び立った。

ユメコは「がんばってねー！」と手を振った。

「よーし、やーるぞー」

ネクロマンサーが結界を張り直しても、結界内のゾンビは駆除しないといけない。残されたユメコは腕をぐるぐると回した。そうして構えれば、指先の皮膚を突き破って骨の爪が伸びてくる。傷口からは血は出ない。痛みもない。ぬらりと鋭いこの骨が、人ならざるユメコの武装だった。

「うりゃーっ」

アンデッドの群れに飛び込み、ユメコは軽やかに骨の爪を振るう。ひょう、と夜の空気を白い骨が裂く。そうすればのろまなゾンビは成す術《すべ》もなく切り裂かれ、バラバラになるのだ。

だが多少身を切られた程度で死者は止まらない。だからこそ四肢や頭部を切り飛ばすようにせねばならない。腕と頭さえ切断してしまえばほぼ無力化できる。ユメコはそのことを知っている。

かわいらしいワンピースが翻《ひるがえ》る。ゾンビののろい攻撃はユメコにかすりもしない。

「いっぱいやっつけたら褒めてもらえるかな」と、ユメコは張り切っていた。

ネクロマンサーが戻ってきたのはほどなくのことだった。

「ユメコ、終わったぞー」

「おつかれ！」

死屍累々《ししるいるい》のアスファルトの上、ユメコは空飛ぶ箒で戻ってきた男に爪の伸びた手を振った。ガーリーなお洋服も、その夜に映える素肌も、すっかりゾンビの死んだ体液もとい返り血で汚れてしまっていた。

「よーし残りは魔法でちょちょいと片付けよう」

空中、箒に乗ったまま、ネクロマンサーは呪文を唱えて両手を広げた。そうすると次々と死霊が召喚されるのだ――魔力を介して冥府《めいふ》から一時的に呼び出される、数多《あまた》の思念の塊である。青白い魔力の光であるそれは手に手に剣を構えた骸骨の兵士達となり――風のように疾駆《しっく》していく。後には細切れにされたゾンビのカケラしか残らない。

「魔法！　かっこいい！」

「ネクロマンサーですからねぃ」

ユメコの隣に降り立った彼は、頑張ったゾンビ少女の頭をワシャワシャと撫でた。

「よーしよしよしユメコ頑張ったな、えらいぞえらいぞ。アンデッドいっぱいやっつけたね」

に抱き付く。
「いっぱいやっつけた！」
褒めてもらえたユメコは満足げだ。骨の爪を元に戻して、大きな体へ両腕いっぱい
「だっこだっこだっこだっこだっこ！」
「はいはいなー」
乞われるまま小さな体を抱き上げた。そのまま彼女の体に損傷がないか確かめる。
特に傷はないようだ。
「うんうん、怪我しなかったのえらいぞ！　骨も折れてないね、無茶せずに頑張れた
の凄い！」
昔は自らの肉体に頓着《とんちゃく》せずに動くものだから、すぐ脱臼したり筋肉がちぎれたり骨
が折れたりしたものだ……なんて、ネクロマンサーはユメコの成長を喜ぶ。ユメコは
自分の力のコントロールがうまくなっているのだ。
一方で、たくさん褒められたユメコは満面の笑みだ。照れ隠しのように、筋肉質な
肩口に額をぐっと押し付けている。愛らしい甘える仕草に、男は薄く笑んだ。
「いいこいいこ。さて、お家に戻って指先の縫合ね」
少女をあやすように揺すってやりながら、電気をつけっぱなしの我が家へと踵《きびす》を返
した。骨の爪を展開したユメコの指先は、皮膚と肉が破れてしまっている。だがユメ

コはゾンビなので痛覚はない。

（死体の処理は後で……）

アスファルト中にえぐい見た目で散らばった、物言わぬ骸《むくろ》に戻ったそれら。アンデッド達の成れの果て。それらをチラリと見て、片付け作業の多さの予想に男は心の中で溜め息を吐いた。

「ユメコの指を縫ったら……まずは風呂だな……」

続けて独り言《ご》つ。アンデッドに白兵戦を挑んだユメコは、死者の返り血でベタベタになっていた。そんな彼女を抱っこして密着しているので、必然的にローブもベッタベタである。そして片腕でユメコを抱っこしたまま、もう片手でドアを開け――「あ」と思い出す。

「しまった、洗濯物しまいそびれ」

「お手伝いする？」

「して～」

「はい！」

「先にお風呂な～」

「おふろー」

ぽいぽいっと魔術装具のブーツを器用に脱ぎ捨て、ゾンビ少女を抱っこしたまま家の中へ入っていった。

●

ユメコの指を治して、お風呂に入って——ちなみに水については溜めた雨水を魔法で作った薬で浄化して使用しているぞ——リビングのテーブルの上に置きっぱなしにしていた食器を洗って、洗濯物を取り込んで畳んで仕舞って、布団を取り込んで仕舞って、家の掃除をして。

夜はアンデッドの時間。ゆえにユメコは夜の方がイキイキとしている。そんなユメコにライフスタイルを合わせているネクロマンサーもまた夜型人間だ。

なので二人には夜ご飯が二回ある。二回目の夜ご飯は真夜中に行われる。

「おいしい！」

魔法の糸で縫われた指先で——傷痕は分からないほどに修復されている——ユメコはカリッとトーストされた食パンを持っていた。ハヤシライスのルーと一緒に食べているのだ。ハヤシライスをパンで食べるのはいかがなものか……この世界はルール無用なのである。この世界は、そして人類は滅亡しているのだから。

「やっぱ時間置いた煮込み料理はおいしいね」

　男はおかわりをしてハヤシライス（パン）を食べている。魔法を使うといつもよりお腹が空くのだ。そもそも大柄な体に見合って食も太いのだ。フードの陰の奥で、食パンを齧《かじ》るサクサクという音が響く。まろやかな味わいに、食パンの、米とは異なる甘さがベストマッチだ。焼き目がつくほど焼いたトーストの香ばしさや食感も最高だ。とろり、煮込まれたスジ肉がウイスキーの風味と共に解けていく。玉ねぎのフレッシュな甘さも一緒だ。しめじもぷりっとした食感がいい。

「ネクロマンサー、お外きれいにしなくていいの？」

　食パンの耳でお皿に残ったルーをこそぎながら、ユメコが上目に見た。男は牛乳をグビグビ飲みながら、「あー……」と明らかに面倒臭そうな声を発した。

　結界の範囲内にはアンデッドの肉片がぶちまけられている。放っておくとメチャクチャ臭いし、虫が大量発生するし、アンデッドの魔力が残った血肉を食らうことで、虫や小動物やらが危険な魔獣に変異する危険性もある。

「うん……うん……これ食べ終わったら掃除しに行きます……」

「ネクロマンサーえらい！」

「うおおん……ユメコ俺をもっと褒めてワンモアさあやる気のために」

「えらーい！　ネクロマンサーえらーい！　魔法がすごーい！」

「オッケー……行ってきます……」

男は完食したお皿とコップを台所に下げて、水で軽くすすいでから、かったるそうな足取りで玄関に向かった。

ユメコは「いってらっしゃーい」と彼を見送ると、椅子からパッと立ち上がり、彼と同じように食器を下げて水で洗ってから、二階へと駆けていく。

「んしょ、っと」

背伸びをしてベランダから顔を出せば、ちょうど家の門から外に出たネクロマンサーが見えた。少女がそのまま見守っていると、魔法使いが魔法を発動する。

「おー……！」

闇がうごめいた。ユメコは目を真ん丸にする。散らばっていた血肉と骨がずるずると、まるで大きな川のように道を流れ始めたのだ。それは家からはす向かいの空き地に集まり、渦となって一つになっていく。男はその渦をしげしげと品定めするかのように眺めると、指先を動かして、渦の中から数体のアンデッドを作り出した。骨の欠片を繋ぎ合わせた簡易な骸骨だ。

一体何をするのかとユメコが見つめていると、ネクロマンサーはアンデッド達に庭の手入れをさせ始める。やっぱりか、とユメコは思った。彼は庭の手入れを、その死体や死霊を使役する魔法でよく済ませているからだ。雑草抜きと水やりと収穫をせっせと行う骸骨。ちなみに庭の手入れを終わらせた死体はボロボロと崩れ、肥料となる。

一方で男は渦から何かのエッセンスを瓶に採取していた。魔法の道具や薬の材料なのだろう。魔力的なサムシングです、といつか彼はユメコに説明していた。

そうして男が掲げた手を握り込むと、渦は巨大な肉の塊になった。散らばっていた屍肉《しにく》をぎゅっとまとめたような物体だ。

「ユメコー、やるぞー」

振り返って少女に言う。「見てるー！」とユメコは手を振りながら跳び跳ねた。ユメコはこれから起きる光景を見るのが好きなのだ。

ネクロマンサーが何やら瓶に詰めていた魔法の薬を肉塊に振りかける。そして呪文を唱えれば、屍《しかばね》の塊にばあっと火が点くのだ。

「わー！」

真っ暗な夜に明々と燃える炎。踊るようにくねる赤色が、静まり返ったゴーストタウンを照らしている。誰もいないベランダを、荒れ果てた庭を、空っぽの部屋を。

「すごいすごーい！」

ユメコはハデな光景に手を叩いてハシャぐ。死体が燃える光景に喜ぶなど、世界が滅ぶ前ならば眉をひそめられたことだろう。だがユメコの周りにそんな顔をする人間はいない。ユメコの傍にいるのは、偉大なるネクロマンサーただ一人だけなのだから。

魔法の炎は死者の塊を焼き尽くす。肉の焦げる臭いが残った。それ以外には何も残らない。また夜は暗くなる。

「はー、終わった終わった」

男は首を回しながら、自宅へと戻ってくる。

（次の結界張り直しは忘れないようにせねば……）

終末を迎えた世界では、既に曜日や日にちの概念もない。今が何月何日なのか記録していない。なので例えば一週間後と言われても、三日ぐらい経つと「あれ？　あと何日だっけ？」となるのである。男がちょっとズボラめな性格をしているのも原因の一つである。なので結界の張り直しも、「そろそろ効果が弱くなってきた気がする」というフィーリングで行われていた。

「はい戻りましたよ」

ドアを開ければ、玄関にユメコが待っていた。

「おかえり！　おつかれさま！」

そう言って両手を伸ばして抱っこをせがむユメコを「はいありがとう」と抱き上げる。この子は本当に甘えん坊さんだなぁと心をホッコリさせながら。

「ネクロマンサー！　ユメコにも魔法教えて！　教えて！」

ユメコが骨灰色のローブをぐいぐいひっぱる。

「そうだなぁ……じゃあ魔法の基礎の練習として、眠くなるまでお勉強しよっかー」

男が言う『お勉強』とは、文字通り子供が学校で習うような、算数国語理科社会である。

「あ、でもその前に……」

ユメコを抱っこしたまま歩きながら、ふとこう言った。

「なんか小腹空いたからオヤツにしよっか。卵焼き作ったら食べる?」

「食べるー!」

「よーし、じゃあ庭のネギ採ってきて」

「はーい!　……あ!　ネクロマンサー!　たまごやきにチーズいれて!　チーズ!」

「りょっかーい」

答えながら「行っといで」とユメコを下ろした。ユメコはきゃっきゃとハシャぎながら、ハサミを手に庭へ向かう。プランターの小ネギを切って収穫していく。

ネクロマンサー特製卵焼きは、顆粒出汁《かりゅうだし》と砂糖入りの甘いタイプだ。焼く前に粉チーズをドバッと入れると、チーズのコクが追加されてボリューミィになるのだ。そこに小口切りされた新鮮なネギを投入し、塩も少々、砂糖がダマにならないようしっかりと混ぜて、フライパンで焼いていく。

魔法使ってお腹空いたし――そういう訳で卵を大量に使った巨大卵焼きだ。焼き加滅はとろとろの半熟。甘じょっぱく、ネギの風味がフレッシュで、チーズのコクが満足感を与えるそれは、ゾンビ少女と仲良く半分こされるのだ。

——世界が滅んでから何日目だろうか。

あつあつの卵焼きをほくほくと食べながら、男はふと思う。覚えていないし、数えてもいない。まあ少なくとも、ユメコの年齢以上の月日は経過している。ウン十年ウン百年は経っていないだろう。仮に——『X日目』とでもしようか。そう結論付けた。かくして『X日目』の夜はこうして更けていく。世界中で、夜に明かりが灯っているのは『ゆめことねくろまんさーのいえ』だけである。

そして明けの明星が輝く頃、家の明かりは消えて、二人は並べた布団で眠りに就くのだ。

東の空から『今日』がやって来る。灰色なれど鮮やかな『X日目』が、また始まる。

第二話　おふろにはいろう

今日も問題なく世界は滅んでいる。

ネクロマンサーは無音の廃墟の町を歩いていた。右を見ても左を見ても廃墟、瓦礫、緑。緑については、通る道に関してだけ時々草刈りをするが、文字通り手つかずの場所はすっかり茂みに沈んでいるところも少なくはなかった。

鳥の声も聞こえない。生き物の気配はまるでない。鳥や小動物、虫の類《たぐい》はこの世界にいないことはないが、いずれも変質してしまっているし、その数も多くはない。なぜか。そういう生命体はアンデッドに捕食されるからだ。

生態系の一角が崩れると、他の生態系に深刻な影響が出るものだが――このガタガタの生態系で、それでも地上は未だ、不毛の荒れ地にはなっていない。

が、危険であることに変わりはない。この世界の生態系の頂点は、これからもずっとアンデッドだ。

――おぞましい吐息が聞こえた。皮を失って朽ちた肉を露にした野良犬ゾンビの群れが、ネクロマンサーを物陰から狙っている。

大抵のアンデッドは日の下には出てこないので、このアンデッドに溢れた世界において昼間というのは比較的安全だ。とはいえ御覧の通り、昼間だろうが活動するアンデッドもいるにはいるし、暗がりや建物の中となればまた話が変わってくる。

ネクロマンサーは死霊や死体を操ることが専門の魔法使いだが、自分の管理外の野良アンデッドを好きに支配することはできない。やろうと思えばできないことはないが労力が無駄に要る。なので気ままな歩調に見えて、実はそれなりに警戒して進んでいるのである。

それが功を奏した。四つ足のアンデッドが襲いかかってくるよりも早く、魔法使いは近場に転がっていたアンデッドの残骸にさっと掌をかざした。そうすれば魔法によって骸より骨が抜き取られ、それは即席の杭となり——射出され、ゾンビ達を貫いていく。

この『その辺にあった死体の骨を魔法で操り抜き取り杭として射出する』のは、死霊術師のありふれた攻撃魔法である。熟練の術師が放てば、魔術強化された骨の杭は鉄板すらも容易《たやす》く穿《うが》つ。肉体が半壊以上に崩壊したゾンビ達は、その場にどしゃりと崩れ落ちた。

「あービックリした」

そして魔法使いは何気ない声でそう呟いて、また割れたアスファルトを歩き始めるのだ。

ネクロマンサーが今いるエリアは、『ユメコと彼以外は出入りのできない結界』の外だ。ここらはもともと色々な店が並んでいた通りであるが、今は褪《あ》せていくだけの廃墟の列である。がらんどう、という言葉がピッタリだ。キャッチーでカラフルなデザインだったのが、いっそ侘《わび》しい。

そんな廃墟の中には銭湯があった。ネクロマンサーはなんとなく、『ゆ』と書かれたその建物を見上げる。

（銭湯かぁ……最後に入ったのいつだろ）

そうしてふと思い付いたので、ネクロマンサーはドラッグストアだった建物に足を向けた。ドアのガラスは割れて消えていた。古びたガラス片を踏みながら、ネクロマンサーは無人の店内を物色する。商品棚の一つに『魔法使い向けの魔法薬コーナー』があることが、この世界において魔法関連物品がコスメ用品ぐらい普通の光景であったことを示していた。

しかし今の魔法使いの目的は魔法薬ではなく。

「あったあった」

見つけたのは入浴剤だ。「自宅で温泉気分」と書いてある。これで自宅でジェネリック銭湯ができるというわけだ。それから、女の子向けの可愛らしい入浴剤も見つけた。ボトルに入ったジャムのような宇宙色のそれは、なんでも泡風呂のモトとのことらしい。

（へー、泡風呂かぁ。ユメコが喜びそう）

お持ち帰り。ユメコが喜びそうなので、ロリポップの見た目をした入浴剤や、虹色のボールみたいな入浴剤もリュックの中に入れた。ついでにドラッグストアに置いてあったチョコレート菓子も確保しておいた。

そしていつものように、レジにクシャクシャの紙幣を置いておく。何気ない足取りでドラッグストアから出た彼は、鼻歌交じりに本来の目的地へと向かう。向かう先はレンタルビデオ店だった。

●

「というわけで入手したモノがこちらです」

ゆめことねくろまんさーのいえ。

帰宅したネクロマンサーは、背中によじ登ったユメコにＤＶＤのパッケージを見せた。子供向けのアニメ、魔法少女モノである。

「やったーー！　ネクロマンサーでかした！」

「やりました、ネクロマンサーやりました」

テンションがブチ上がったユメコがネクロマンサーの肩を猛烈に連打する。バシバシされる男の声が衝撃に震える。

「よし！　観よう！　さっそく観よう！　観ていーい？」

「よろしくてよ」

「あ！　でもその前に手洗いうがいね」

「はい」

ユメコを下ろし、すごすごと洗面所に引っ込んでいくネクロマンサー。彼が手袋を外してほぼ無意味に手を洗っている間、ゾンビ少女はいそいそとＤＶＤ視聴の用意をする。どんなチャンネルにしても砂嵐のみを映すテレビは、もうＤＶＤを再生するかテレビゲームで遊ぶためのものでしかない。

「ユメコ、セットできたか」

居間に戻ってきたネクロマンサーがそう問えば、ユメコはテレビの前のソファに座りながら「うん！」と元気よく答えた。ネクロマンサーは「えらい！」と褒めて、お菓子を保管している棚からポップコーンを取り出し、冷蔵庫からはオレンジジュースを取り出した。それから今日ドラッグストアで見つけてきたばかりの、ブラウニー系しっとりチョコ菓子も。ソファの前のテーブルにそれらを置けば、準備完了である。

「はい、では再生ボタンぽちっとどうぞ」

「はい！」

ネクロマンサーがユメコの隣に腰を下ろしながらそう言えば、少女は嬉々としてリモコンを操作した。そうすれば、夢と希望の魔法少女のアニメーションが幕を開ける……。

ユメコとネクロマンサーは暇人である。なにせ世界は滅んでいる。学校もなければ会社もない。義務もなければ仕事もない。

強いて言うのであれば、ユメコにとってはアニメや映画が勉強となる学校代わり、ネクロマンサーにとっては娯楽を満喫することが『何もない』世界で正気を保つための術だろうか。

というわけで、二人は『魔法少女ぷりてぃまりあ』の全話を完走した。昼下がりから始まった上映会は、インスタントカップうどんで済ませた夜ご飯を挟んで、終了した頃にはとっぷり深夜になっていた。

「いやーおもしろかったねー」

今日の第二晩ご飯は、食パンとハムとチーズとレタスと目玉焼きで作るオープンサンドと、インスタントのコーンスープだった。わりと手抜き飯である。翻りやすいようにレタスとハムは細かくちぎっており、一口頬張れば、香ばしくトーストされた食パンと、レタスのフレッシュ感と、ハムの味わいと、ケチャップとマヨネーズの濃い味がいい塩梅《あんばい》。目玉焼きは半熟で、とろりとこぼれてくる黄身が贅沢な気分だ。

「……」

だがユメコはそんなごちそうを食べ終わってもなお、放心状態のままだった。「お皿片付けなさーい」と魔法使いが言えば、これまた放心状態でお皿を台所に片付ける。

(放心状態になるほどアニメが楽しかったのかぁ、よかったよかった)

ネクロマンサーは「レンタルしてきて良かった」と心の中でフフッとしながら皿を洗っている。ちなみにＤＶＤは『レンタル』してきたものなので、数日経ったらあの店に戻してくるつもりである。借りたら返すが人道なのだ。

なお、『魔法少女ぷりてぃまりあ』の内容については、小さな女の子向けのストレートで王道的な、愛と勇気と魔法の物語だった。ネクロマンサーはああいった頭をカラッポにできるやつは嫌いじゃない。

「ユメコ、洗濯物取り込んで畳んだら、お風呂入ろっかー」

昼から夜中までぶっ通し視聴会だったので、洗濯物を取り込むのをすっぽかしていたのだ。

「おっけ……」

ドラマチックな余韻にやはり心ここにあらずなまま、ユメコはコクリと頷いた。ゾンビ少女はそんな様子で、皿を洗い終えたネクロマンサーの後をついて階段を上る。

「ふんふふーん」

ぷりてぃまりあのオープニング曲を鼻歌で口ずさむネクロマンサーは、サンダルを履いてベランダに出た。今日もいい天気だ——景色は青空ではなく夜だけど。星々を眺めながら彼が乾いた衣類をポイポイと室内に放れば、ちょこんと座ったユメコがそれを畳んでいく。

「最近いい天気だからよく乾くわぁ」

ほどなくして、洗濯物を取り込み終えたネクロマンサーがベランダから戻ってくる。そして室内の光景にフードの陰で目をしばたたかせた。

「ネクロマンサー！　見て！」

そこにはユメコが、ネクロマンサーの骨灰色のローブをずるんずるんにかぶっていた。袖《そで》も丈も余りすぎている。

「ユメコぷりてぃまりあ！」

「おーほんとだほんとだ、ぷりてぃまりあじゃん」

「ネクロマンサー、杖もってきて！　杖！」

「杖～？　あったかな……」

アゴを擦りながら工房へ向かうネクロマンサー。ユメコがずるずるローブを引きずってついてくる。

「裾《すそ》踏んでコケるなよー」

「だいじょーぶ！」

そのまま工房へ、ネクロマンサーが扉を開ければ色々な魔法用道具がとっ散らかった部屋が見えた。薬品棚、手術台や冷蔵庫、ホルマリン漬けのなんやかんやもある。邪悪な理科準備室、といった趣《おもむき》だ。消毒液のにおいがキツい。

「ユメコ、服引きずってモノ倒すと危ないから、そこでじっとしてな」

「はーい！　杖！　魔法の杖！」

「魔法の杖ね～……前に使ってたのが、どっかにあったはず……」

ネクロマンサーはゴソゴソと部屋を漁《あさ》った。そうしてほどなく、「あったあった」と五十センチほどの杖を引っ張り出した。なめらかな色はぞっとするような純白で、そこには繊細にイチイの模様が彫られており、さながら美術品のような逸品である。

「地底湖の魔獣の肋骨《ろっこつ》から作った、オーダーメイドのマジックワンドだぞ」

「すごーーい！　きれーい！」

ネクロマンサーから魔法の杖を渡されたユメコは、目を真ん丸にして杖をまじまじと眺めた。

「初めて見た！　ネクロマンサーこんなすごいの持ってたんだ！」

「まあ普段は使ってないからねぇ」

「なんで？　なんで杖使わないの？」

「杖はね、手間のかかる魔術儀式をしたり、規模のでかい魔法を使う時に使うのさ。それがあると魔法をより効率的に使えるの。手を洗う時に石鹸使うだろ？　水だけでも手は洗えるけど、石鹸使った方がより綺麗になるだろ？」

「なるほど！」

「まあでも道を極めてきたら、そんな常備ってほどではなくなるんだけどね。水だけでも綺麗に手を洗えるようになるの。杖を肌身離さず持ってるのは戦地の魔法使いか、まだ若い魔法使いだな」

「ネクロマンサーおっさんだもんね」

「まあねー。ネクロマンサー歴も長いからねー。それに俺は普段そんな大規模な魔法も使わないし、そゆわけで今まで杖を仕舞いこんでいたのでした」

「おー」

　返事の間も、ユメコは骨の杖をじーっと見ていた。ネクロマンサーの大きな手にはちょうどいいその杖は、ユメコの小さな手には大振りに見える。

「……もうちょっとかわいいやつない？」

女児的ニーズとしては、もっとハートとかスターとか宝石とかそういう。キラキラしたそういう。ネクロマンサーのいかにも呪術的で骨みが強いそれは、ちょっと『魔法少女』と呼ぶには魔法要素がガチすぎた。

「えー。イチイのその細工彫りかわいいでしょ？　全くしょうがないな……」

ネクロマンサーは女児のニーズに応えるべく、再び工房内をガサガサと調べ始めた。するとで真っ黒なリボンを見つけたので、それを杖に巻いてやる。

「ホーラ蝶々結びだぞー」

「あ！　かわいい！　かわいい！」

「これでよし？」

「よし！」

「よかったよかった」

まあそのリボン、本当は呪術用のアイテムなんだけど……とはネクロマンサーの心の中だけの声。ちなみに生きた人間の首に巻いて思考を奪い、生きたまま屍のようにしてしまう呪いのシロモノである。もう生きた人間がこの世界にはいないので、あのリボンは装飾用に生まれ変わるべきだろう。

などとネクロマンサーが考えていると、リボンつきの杖をひらひらと振っていたユメコが、おもむろに杖の切っ先を魔法使いへと向けた。

「まじかるぷりてぃしゃいにんぐー!」

魔法少女ぷりてぃまりあの必殺技である。「びーびゅわわー!」と効果音まで人力で付いている。

「ぐあーっ!」

ネクロマンサーは胸を押さえると、迫真の演技で膝から崩れ落ちた。だがすぐに、ぬるりと膝から立ち上がる。

「フッフッフッ……俺は凄い強いネクロマンサーなので不死身なのです」

「な、なんだってー!」

「お家の外の空き地に来るがいい、ぷりてぃゆめこ! そこで魔法少女ごっこだ! 世界征服を目論《もくろ》む悪のネクロマンサーとして、お前に戦いを挑む!」

「受けて立つ!」

というわけで、二人は仲良く元気よく、家のはす向かいの空き地へと走り出した。

●

——真夜中の空き地。世界を照らすのは月だけである。月明かりだけでも夜は存外に明るいものだ。

リボンのついた骨の杖を構えたユメコの前には、ネクロマンサーが両腕を広げて構えていた。

「門よ開け……彼岸の兵をここに！」

ネクロマンサーがそう唱えれば、地面に浮かび上がる複数の魔法陣から、青白い魔力でできた骸骨の兵隊らが這い上がる。夜によく映える魔法である。

「行け！　あの魔法少女を倒すのだ！」

あまりに本格的なごっこ遊びであるが、こういう時でも汚い言葉――小娘だの八つ裂きだの――を使わないのがネクロマンサーのジャスティスである。

「夢と、希望は、負けない！」

不気味な呻き声を上げて襲いかかってくる死霊兵へ、ユメコは魔法の杖を向けた。

「ぷりてぃしゃいにんぐ！」

さっきも使った呪文を唱えれば、さっきと違って魔法の光が迸《ほとばし》った。それの正体はネクロマンサーが魔法によって、大気中に漂う霊未満の残留思念を『杖から光が出ているかのように』操作しているだけなのだが、ユメコは自分がアニメの魔法少女のように魔法が使えたのだと大興奮だ。

光（本当は危なくもない霊未満の魔力の塊）が死霊兵にぶつかると、それは「あー」と呻きながら消滅した。

「くっ……やるな、ぷりてぃゆめこ！　だがこの最強のアンデッド兵に勝てるかなァ！」

　ネクロマンサーが高笑いしながら指を鳴らせば、近くの道路のマンホールがガタガタと揺れて、内側から開き――おぞましいほど強化改造された、長い体のゾンビがぬうと現れた。ネクロマンサーが趣味で作った強化ゾンビ兵だ。濡れた頭髪は異様に長く、気味が悪いほど白い色をした肌に張り付いている。長い胴にはムカデめいて腕が何対も生えていた。巨大な口の中はヤツメウナギのように小さな牙が無数に並んでいる。湿った青白い肌が、月光の下で不気味にてらてらしていた。

「ユメコ魔法つかえるもん！　ぷりてぃすとらいくー！」

　ただの少女が見れば卒倒しそうな造形のゾンビに、ユメコが怖じ気付くことは一切なかった。生理的嫌悪感をもよおす身の震わせ方をする異形に、ユメコは真っ向から立ちはだかると、再び杖を振るった。魔法が放たれる――しかしゾンビにはまるで効いていない。

「そんなぁ⁉」

「フハハハハ！　闇の力にひれ伏すがよいわー！」

　ネクロマンサーが手をかざせば、ゾンビの幾つもある長い腕が数多の方向からユメコに襲いかかった。

だがそれはユメコに届く寸前で止まる――まるで見えない壁に阻まれたかのように。

「な、なにぃ⁉　バリアだとっ」

悪役の男がおののく。本当はバリアなんてなくて、彼がゾンビを操作し動きをピタッと止めさせただけなのだが。

「このままでは、フィニッシュの必殺魔法を喰らってしまうー！　ぬおー！」

ネクロマンサー、全力の演技。今です、とユメコをチラッチラッと見る。

ユメコは今がチャンスと、いつもぷりてぃまりあが番組後半で怪人をぶっ飛ばすのに用いるフィニッシュ魔法の詠唱に入った。

「きらきら輝く、夢のチカラ……！　笑顔と勇気で、みらくるまじかる！　ぷりてぃ……ぷりずむすたーらいとどりーーむ‼」

数時間連続で見続けたので台詞もポーズも完璧だった。

ユメコが構えた杖から、流星群のように光の奔流《ほんりゅう》が放たれる。まあ全てネクロマンサーが操作するなんやかんやなのだが、それは夜の中で鮮烈にキラキラと瞬いていた。

「ぐわーーーーっ‼」

必殺技を浴びたネクロマンサーは、叫びながらどさりと倒れた。ゾンビ兵は空気を読んでマンホールの下に戻った。

静寂。

「……爆発しないの？」

倒れたネクロマンサーに、ユメコが首を傾げた。ぷりてぃまりあでは、必殺魔法でやられた怪人は爆発四散するのがお約束だった。

「俺自身が爆発するのはちょっと難しいかな……」

倒れたままちょっと顔を上げて小声で答える。

「あ！　まだ生きてる！」

「ぐふっ」

ユメコに指摘された途端、ガクリと死体のフリに戻るネクロマンサーであった……。

「……やっつけた！」

ユメコはパァッと表情を輝かせた。

「ユメコ魔法つかえたー！」

カラクリに気付いていないユメコは上機嫌だ。杖を夜空に掲げ、ズルズルのローブを羽織り直しながら、嬉しそうにしている。

だが――そんな彼女に這い寄る影があった。ゾンビさながらに地面を這うネクロマンサーである。

「あ！　まだ生きてる⁉」

「ぐおお～～……俺は妖怪フロハイレ……楽しく遊んだ子供をお風呂にさらう、世にも恐ろしいモンスターだ……ぐおお～フロハイレ～～」

「出た！　妖怪フロハイレだ！」

ゆめことねくろまんさーのいえには、妖怪フロハイレがよく出るのだ。主にユメコがお風呂になかなか入らない時に。ちなみに兄弟に妖怪ハァミガケと、妖怪ハヨネロがいる。

「フロハイレ～～～」

「きゃーーー‼」

ずるりずるりと迫り来るフロハイレに、ユメコはぴゃっと走り出す。

「ぷりてぃしゃいにんぐ！　ぷりてぃしゃいにんぐ！」

逃げながらユメコは杖をブンブン振るが、妖怪フロハイレが「カキーン！　カキーン！」と弾いている音を口で表現する。カキーンしながらヨイショと立ち上がる。

「ば、ばーりあ！　むてき！　ばりあだからむてき‼」

ユメコは次の手段に出るが……、

「バリア切ーった！」

見えないバリアはネクロマンサーの手刀で両断された。その直後、男の両手が少女を捉える。脇の下に差し込んだ手で、小さな体を抱き上げる。

「はい捕まえたー」

「捕まったー！」

ユメコはきゃあきゃあとずっと笑いながら、自らを抱きしめるネクロマンサーにぎゅーっと抱きついた。頬同士が合わさる。二人とも笑っていた。

「よし、それじゃお風呂に入りますか」

「お風呂はいるー！」

「今日は泡風呂するぞ、楽しみにしとけよー」

「泡風呂！」

ネクロマンサーはユメコを抱っこしたまま、のしのしと自宅へ戻っていった。

●

ちょっと熱めに設定したシャワーをバスタブに注ぐ。同時に、泡風呂のもとであるジャムのような入浴剤を惜しげもなく投入する。シャワーの水圧でモコモコに泡立てる。そうすれば、泡風呂の完成だ。

「おお〜モコモコしている」

バスタブに突っ込んだ手でザボザボと水面を泡立たせながら、ネクロマンサーは泡風呂に感心した。ちなみに風呂場では顔を隠すフードを外しているが、代わりにタオルを巻いて被ってやっぱり顔はうかがい知れない。

「泡風呂！　すごーい！　アニメみたい！」

今か今かとバスタブが泡立っていく様を見守っていたユメコは、遂に完成した泡風呂に目を輝かせる。

「ユメコ泡風呂はじめて！」

「おっ、そーかそーか確かにな。よーし入るぞユメコー」

シャワーを止めたネクロマンサーは、ユメコを抱っこしてバスタブに入った。彼は魔法使いであるが、趣味で体を鍛えているのとフィールドワークが好きなタイプなので、筋肉で体がかなり分厚い。そして背も高いので質量が凄い。それを計算して、バスタブから湯が溢れないよう水かさは調整済みだ。

「あわあわだぁあーー！」

テンション爆上がりのユメコの声が、浴室に反響する。ぷにぷにの小さな腕が泡をかき集める。集めた泡を、ふーっと吹き飛ばす。

「すごーい！」

「すごいねー」

ネクロマンサーは大きな掌で泡をすくい取ると、それをユメコの頭の上にモッと載せた。ゾンビ少女はきゃっきゃと喜ぶ。風呂場にまで持って来た魔法の杖で、あわあわのバスタブをかき混ぜた。その杖の本来の持ち主である男は、「よもや杖も、その材料になった地底湖の魔獣も、ゾンビの女児の手によって泡風呂に入ることになるなど、想像もつくまい……」と、泡まみれのユメコの頭を撫でながら思った。

（しかし泡風呂もたまにはいいモンだな）

ふー、と男はバスタブにもたれ沈みながら、湯気に煙る天井を見上げた。収まり切らない長躯《ちょうく》が盛大にはみ出して、向かい側の壁にスネ毛の生えた泡つきの足が立てかけられている。これがなまめかしい美女の足ならば、さぞサービスショットだったことだろう。

しかしこんな成人男性が女児と入浴するなど大丈夫なのか。大丈夫だ。今の世界に法律も倫理もあったもんじゃない。それにユメコはゾンビだ、死体だ。

（待てよ、死体と風呂入る方がヤベーんじゃねーのかな……まあいいか……俺ネクロマンサーだし……）

それに、ネクロマンサーにとってユメコは娘のようなものだ。そういう変な目的で作った子じゃないし、幼児性愛の趣味もない。ちょっと死体を改造したり、死者のパーツ同士をツギハギしたりするのが趣味なだけだ。

「ネクロマンサー！　クラゲ作って！」

振り返るユメコがせがむ。「クラゲ作って！」「クラゲねー」とネクロマンサーは頭のタオルを解くと、水面の一部の泡をどけて、タオルに空気を入れつつ浮かべて、その端をきゅっと絞った。

「ほーらクラゲ」

「クラゲー！　すごーい！」

ユメコがクラゲの上に泡を載せる。ていうか泡でクラゲを埋葬していく。

そんな中、少女がおもむろに彼へ問うた。

「なんでネクロマンサー、いっつも顔が見えないの？」

ユメコは知っている。彼の顔がいついかなる時も、なぜか『見えない』ことを。

「んー、それはね、俺がイケメンすぎて女の子が皆メロメロになっちゃうから、顔を隠してるの。やれやれ」

「えー。ユメコめろめろなってないよ？」

「しれっと容赦ないなお前……」

「ほんとのこと言って！　ほんとのこと！」

「ほんとのことぉ〜？」

ぶくぶくぶく、と泡の下でクラゲがしぼんだ。男は濡れた泡付きタオルを再び頭に載せながら、なんてことない物言いでこう言った。

「ネクロマンサーの魔法はね、死体とか、幽霊とかを魔法でどうこうするやつなのね。

だから昔々――まだ人間がいっぱいいた頃には、それを悪用しようとする悪い奴がいっぱいいたのさ」

「ネクロマンサーも悪い奴⁉」

「ううん、俺はちゃんとこの国の王様に、悪いことしないネクロマンサーですよーって認めてもらってる、パブリックでクリーンなネクロマンサーよ」

「ほんとぉ？」

「ほんとぉ。工房のどっかにあるんじゃないかなぁ、免許証」

「メンキョショ」

「あとで見せてあげる。それで――ああ、顔を隠す理由ね。とにかくネクロマンサーの魔法っていうのは、慎重に扱わないといけないシロモノなのさ。知っちゃいけない情報を死者の口から語らせるとか、死んだ人を生き返らせるとか。だから、悪い奴らがネクロマンサーを狙う。俺達のために魔法を使えーって脅してくるんだよ」

「ひどい！」

「でしょ。だから俺達ネクロマンサーは、そういう悪い奴に狙われにくくなるよう、身を護るために色んなものをナイショにするの。顔とか、名前とか」

「ははー、それで」

ユメコは振り返ってネクロマンサーの顔を見た。その顔の表情はなんだかボヤけていて、うまく見えなくて、少女はぐぐっと目を細める。

「ぬははははは、無駄無駄」

そんなユメコの頭の上に、ネクロマンサーが手をポンと置く。

「俺の顔には超強力な認識阻害の魔法がかけてあるのだ。見えまいて」

「むー」

「まあ、別にもう解いてもいいんだけどね。だけどなんか長年のクセだからこれが一番落ち着くっていうか」

「いつか見せてくれる？」

「ユメコがいつか、見破りの魔術を取得できたらね」

「ぬー」

ユメコは唇を尖らせた。「そんな顔するなよー」とネクロマンサーはからから笑いながら彼女を抱き上げ、バスタブから出る。髪や体を洗う時間だ。

いいにおいがするシャンプーとコンディショナー、肌に花のような香りと、絹のような潤いを与えるボディソープ。

ユメコはシャワーをかけてもらいながら、目にお湯や泡が入らないようにギュッと目蓋を閉じている。

「はーい目ぇ開けていいよ」

ほどなくしてネクロマンサーがそう言うので、ユメコは固く閉じていた目を開けた。

そうしてふと、横のバスタブを見ると、泡が随分《ずいぶん》としぼんで減ってしまっていた。

「泡風呂が……」

「ん？　あーそうね、儚《はかな》い命ね……」

「ネクロマンサー！　今度は、お風呂にお花をうかべたい！」

「おはな？　ああ、薔薇《ばら》風呂に入りたいってこと？」

ぷりてぃまりあにそんなシーンあったなぁ、とネクロマンサーは思い返す。ヒロインが薔薇風呂でルンルンしている描写だ。

「ネクロマンサー、お花だして！」

ユメコがネクロマンサーのごつましい太腿をゆさゆさしておねだりをする。彼は動じずに髭を剃っている。

「お花～？　えー、やめときな」

「お花ぁー！」

「どうしてもぉ～？」

「お花うかべるうー！」

「ん～……」

鏡の前で剃り残しを確認しつつ――ユメコからはその顔は見えないが、本人には見えているらしい――彼は思案気に間を開けた。

「死者を苗床に咲く花の種ならあるけど……こないだのゾンビ、全部燃やしちゃったもんなぁ」

「なんで燃やしたの！」

「だって死体ってほっとくと臭いじゃん、虫も湧くし。火葬・イズ・ジャスティス」

「なるほど！」

ユメコは素直に頷いた。それから本来の目的を思い出して、ハッとした顔の後に「お花！」と顔をシャワーで流しているネクロマンサーに言う。

「も～、しょーがないな。じゃあ特別にお花を用意してあげましょう。でも明日ね、今日はもう遅いから」

「はーーーい！　やったー！　ネクロマンサーだいしゅき！」

「俺もちゅきよー。ちゅっちゅ」

●

ユメコとネクロマンサーの朝は昼である。それは午後に目を覚ます、という意味である。

広い和室に並べた二つの布団、それが二人の寝室。いつもはネクロマンサーの方が早く起きるのだが、今日は珍しくユメコの方が先に目覚めた。

「ねくろまんさぁあああ！　起きて起きて起きて起きて起きて！」

頭まで布団をかぶって眠っている魔法使いを、ユメコの白い手がゆさゆさと揺さぶる。

「ん、おお……どうしたぁユメコ……おねしょでもしたか……」

「してないもん！　起きて！」

「わかったわかった……」

アクビをしながら、ネクロマンサーが布団の中から這い出してくる。寝起きでもその顔は認識阻害の魔法で表情がうかがい知れない。

「おっはよ……今日はいつもより早起きさんだなぁ、ユメコ」

「お花！　お花！」

「お花……あー」

ネクロマンサーは、昨夜の風呂場でユメコと交わした言葉を思い出した。彼女は花を浮かべたお風呂に入りたいという。その花を用意すると、彼は少女と約束したのだ。

「オッケ。じゃあご飯食べたらやろっか」

「食べるー！」

「何食べたい？」

「ケーキ！」

ネクロマンサーはぐっと伸びをして、首を回して、言葉を続けた。

「ケーキ……ケーキかぁ……」

「……おモチでいい？」

「おモチはケーキじゃない……」

「何を。おモチはライスケーキとも言うんだぞ、ケーキなんだぞ」

「そうなんだー⁉」

「そうなんだぞ。砂糖つけて食べれば甘いし、実質ケーキじゃん」

「ほんとだ……ケーキだ……」

「きなこ？　砂糖醤油《じょうゆ》？」

「きなこ！」

「はーい」

二人は顔洗いやらを済ませ、寝間着から着替える。ちなみに二人の寝間着は、ユメコはもこもこの可愛らしいルームウェアで、ネクロマンサーはパンツ一枚にTシャツである。そこからユメコは空色のワンピースに、ネクロマンサーは肌の露出が一切ない魔法使いのローブ姿になる。

今日の朝ご飯（午後であるが）は、魔法使いがスーパーから失敬してきた切りモチである。温めたフライパンの上に底を濡らしたモチを並べ、水をちょっと入れて、蓋をして火を止めてしばらく蒸すだけだ。

蒸している間に、ネクロマンサーはこれまたスーパーからとってきたきなこをお皿に開けて、そこに砂糖を入れた。

「ユメコ、きなことお砂糖まぜまぜしといてー」

「はい！」

ネクロマンサーはエプロン姿のユメコにきなこを託すと、自分は砂糖醤油味で食べるためにダシ醤油を小皿に垂らした。そこに砂糖を混ぜるだけ。それから、海苔とスライスチーズを用意する。ユメコはきなこオンリーで食べるのが好きだが、ネクロマンサーは砂糖醤油にモチをつけて、チーズと一緒に海苔で巻いて食べるのが好きである。

モチの準備をしたり、飲み物の用意をしたり……そうこうしているうちにモチも蒸し終わりだ。あつあつもちもちになったそれに各自の味付けをすれば、完成である。

「いただきまーす」

「いただきます！」

手を合わせてお箸を持って、熱いモチにはふはふしながら少しずつ食べ始める。きなこは甘く、砂糖醤油はあまじょっぱい。

「ちょっとずつゆっくり噛んで食べろよ、ユメコ」

「うぃ」

「まあ喉を詰まらせたところで、息してないから問題ないんだけどね……」

ユメコはゾンビだ。呼吸も脈拍もない。食事も本来は不要で、ネクロマンサーの魔力によって動いているのだが、ささやかな動力補助として食事を行っている。排泄に関しては乙女の聖域なのでトップシークレットである。

「……ネクロマンサー」

「うん、何?」

「おモチにチョコかけてもいい?」

デザート、とユメコが口の周りのきなこを舐めながら上目に魔法使いを見る。「いいよ」とネクロマンサーはチョコレートシロップの容器を持ってきた。そうすればユメコは大喜びで、モチの白色が見えなくなるまでチョコレートソースをどばーっとかけるのである。

「おいしい……おいしい……」

もふもふとユメコは幸せいっぱいの表情だ。

「ユメコ、チョコ好きだねぇ」

「なるほどな。あ、モチそんなもんにしておきなさいよ。食べすぎると腹で膨れてえらいことになるから……」

ユメコに満腹を得る神経回路はない。食べようと思ったら幾らでも食べることができる。そのせいで……昔、「ネクロマンサーのご飯おいしいおいしい！」と食べすぎに食べすぎたユメコが『胃袋が破れる』という事態になったことがあるのである。

そう、確かあれはユメコに初めて味覚機能を備えた日だった——幾らでも食うもんだからこっちも嬉しくなっちゃって——ネクロマンサーはしみじみ思い返す。ゾンビに味覚をつけるなど初めての試みだったっけ。そういう魔術的な回路を開発するのは本当に大変だった。偏食にならずに食育した自分の手腕を褒めたくなった。

さて、モチはお腹にあったかく溜まる。胃を満たされた二人は「ごちそうさまでした」と朝ご飯（昼ご飯）を終えた。食後の皿洗い、歯磨きも済めば、いよいよユメコがネクロマンサーに飛び付きながらこう言った。

「お花！　お風呂に浮かべるお花！」

「オッケーオッケー、工房から探してきます」

ネクロマンサーはユメコを抱きかかえたまま、工房へとのしのし歩き始めた。

「甘いから！」

「これが死床花の種」

「シドコハナノタネ」

工房。ネクロマンサーがユメコに見せたのは、ひまわりの種に形とサイズの似ている黒い種だった。

「死体の肉に植えると一週間ほどで花が咲きます。死霊術《ネクロマンシー》に使う薬草や触媒《しょくばい》になります」

「それ食べたらどーなる？」

「うーん……人間が食べても消化されるだけだけど……ユメコが食べたらお腹の中で芽が出るかも」

「……お腹つき破る？」

「うん」

「おぉう……」

ユメコはお腹を花に食い破られる想像に、思わず自分のお腹をさすった。

「ネクロマンサー、シドコハナ、どんな花咲くの？」

「それは――」

乞われるまま説明しようとして、ネクロマンサーは途中で「いや」と言葉を変えた。

「それは咲いてみてのお楽しみってことで」

「えー」

「ふふふ。ユメコは無事に死床花を咲かせられるかな」

ついといで、と魔法使いは工房から出て家の庭へと歩き出す。ユメコがついて行くと、庭には昨夜の魔法少女ごっこの時にいた、長い体のゾンビが横たわっていた。

「あ！　こいつは！」

思わず身構えるユメコであるが、ソイツが青い草の上でピクリとも動かないので首を傾げた。

「あーもう魔法解いたから、ただの屍肉だよ。動かない動かない」

ネクロマンサーが手をヒラヒラさせる。「コイツのこと、もうずっと使ってなかったし」と、異様に白いそれの傍《かたわ》らにしゃがみこんだ。彼が手招きするので、ユメコは魔法使いの隣にしゃがみこむ。

「死んでる？」

ユメコはじっと魔法の解けたゾンビを見つめる。見開かれた巨大な目玉は白く濁《にご》り、開かれた口からは白っぽくなった長い舌が垂れ下がっている。色素のない死んだ肉と、青々と命を湛える草の色の対比が、なんだかユメコには眩しかった。

「もともと死んでるよ。死体をツギハギして造ったゾンビだもん」

「それもそうか……。ユメコも魔法とけたら、こうなる？　動かなくなる？」

「そだよ。まあでも人間も一緒さ。命って魔法が解けたら、動かなくなるもん」

言いながら、ネクロマンサーは死床花の種が詰まった小袋をユメコの冷たい手に渡した。

「死床花は、もともと死者を弔《とむら》うための花だったんだ。花葬っていってね、死体から美しく咲く花に、遺された人々は『こんなに綺麗に咲いたから、死者はあの世で幸せなんだ』と想いを馳せたそうな。ロマンチックだろ？」

「この種を植えたら、こいつ幸せになれる？」

小袋から出した種を日に透かしながら、ユメコが言った。「そうだね」と男は少女の頭を優しく撫でた。

「じゃあ種を植えていこう。尖った方を肌に押し込んで挿《さ》していくんだ。指三本分ぐらい間隔あけてね」

「おっけ！」

指示通り、ユメコは死床花の種をゾンビの体に植えていく。種は固く、先端は鋭く、柔らかい屍肉にぞぶりと難なく挿し込まれていく。

「幸せになるんだよ！」

ユメコは物言わぬゾンビにそう語りかけながら、一生懸命に種を植えていく。

それを傍らで見守りながら、ネクロマンサーは物思う。野良ゾンビをバラバラにすることには躊躇《ちゅうちょ》がないユメコであるが、昨日一緒に遊んだ——尤《もっと》も男が魔法で操っていただけだが——ゾンビには情が湧いたらしい。

(俺、ひょっとして薄情なことしたかね……)

まあ死体を弄《もてあそ》ぶ魔法使いに倫理や道徳などあってないようなものなのだが……とネクロマンサーは思いつつも、大人になるってやーねぇと心の中で息を吐いた。同時に、この終わった世界でなお輝くゾンビ少女の無垢《むく》な優しさに、柔らかな愛しさを感じるのである。

「種を植えたら、水やりとかはしなくていい。死体の水分で十分だからね。一週間待つだけだ」

「イッシューカン……」

「七日ね。七回寝たら一週間」

「おっけー!」

「いい機会だし植物のお勉強しよっか。俺、ちょっくらその辺から理科の教科書とってくるよ」

ゆっくり立ち上がりながらネクロマンサーが言った。発芽のシステムとか、光合成とか、雄しべ雌しべとかあのへんの構造をユメコに教えるつもりなのだ。

「理科のお勉強いっぱいしたら、いずれ魔法薬の調合も教えてやるよ」

「ほんと⁉」

魔法と聞くとユメコは種植えの手を止めて顔を上げた。目を真ん丸に輝かせている。

「ほんとほんと。さ、種植え頑張れよー。お留守番お願いね」

ネクロマンサーはニッコリと微笑むと、ユメコの頭を今一度撫でた。


――それから、ユメコは時間のほとんどを庭で過ごすようになった。

種を植えて次の日に芽が出た。芽が出たのを早起きして寝間着のまま目撃したユメコは、それはそれはハシャいだものだ。ハシャぎすぎてネクロマンサーに飛び付いて、しばらく離れなかったほどだ。

次の日には芽が更に大きくなった。苗床となっているゾンビの体を、瞬く間に根が覆っていく。ユメコはその傍にしゃがみこんで、熱心に熱心に眺めているのだ。

ネクロマンサーはそんなユメコに絵日記を与え、観察日記を書くように勧めた。ユメコは日々、色鉛筆を駆使して夢中になって描いている。

そして六日目の早朝間際、つまり二人が眠る前の時間帯、ネクロマンサーは布団に寝転がった姿勢でユメコの観察絵日記を確認していた。

「上手に描けてるじゃないか」

色鉛筆で描かれた、つたないながらも生き生きとした絵。目一杯の緑色と黄緑色だ。おかげで最近、ユメコの色鉛筆は緑系がめきめき短くなっている。

文字の方はというと、幼いフォントが死床花の蕾《つぼみ》のことを語っている。絵で示されている白みを帯びた青色の蕾のことだ。それはぷっくりと丸く膨らんでいる。あしたになればさくかなぁ、とユメコの文字は楽しみそうにしていた。

ネクロマンサーは赤ペンを取り出すと、隅《すみ》の余白に文字を綴《つづ》る――「明日には咲くでしょう、楽しみですね」。それからハナマル、たいへんよくできました。

「ハナマルだー！」

「真面目に絵日記書いてて、えらい！」

絵日記を大事に枕元に置いたネクロマンサーは、隣に寝そべっていたユメコをガシッと掴んで、寝ころんだままの姿勢でたかいたかいをした。女児はきゃあ～っと喜んで手を広げる。

「ユメコはお花好きなのか？」

そのままの姿勢、天井の電灯に目を細めつつ、ネクロマンサーは問う。

「うん！　お花好き！　綺麗だから！」

「そっか～。そういえば時々、空き地からお花摘んでくるもんね、お前」

「あのね、あのね、それにね、ネクロマンサーにお花わたすとね、いつも『ありがと～』って喜んでくれるでしょ。そしたらユメコも嬉しいから、だからお花好き！」

「おま……おまえ～っ……」

不覚にも目にジンときたネクロマンサーである。よもや「自分が喜んでくれるから花が好き」だとは、てっきり綺麗だからだと思っていた――そんな風に考えていた魔法使いは、あまりに健気《けなげ》なユメコをぎゅうっと抱きしめた。

「ま、まさか……花風呂を提案したのも俺のために」

「ううん！　ぷりてぃまりあが入ってから！」

「そっかーっ！　そっかーっ！」

とはいえ、そんな素直なユメコがネクロマンサーは大好きなのである。わしゃわしゃと風呂上がりに少し湿った髪を撫でまくる魔法使いであった。

「ネクロマンサー！　早く寝よ！」

撫でられまくってくしゃくしゃになった髪を、ネクロマンサーの大きな手に直してもらいつつ、ユメコは彼にそう言った。彼女の中では「寝て起きたら花が咲く」なのだ。待ち遠しく、待ちきれないのだ。

「ん、そーだね。それじゃあ～寝ようか！」

「はい！」

「おやすみなさい！」

「おやすみなさーい！」

ネクロマンサーが指を鳴らせば、電気が消える。

ユメコは黎明《れいめい》の気配が近付きつつある世界の中、布団をかぶり直し、ワクワクしながら目を閉じた――楽しみすぎて全然眠れない、そう思ってはいたが、わりとすぐ寝落ちた。


かくして朝日が昇る。

朝はあまりにも静かだ。通勤ラッシュも何もない。車の音も、電車の音も聞こえない。

夜に活性化していたアンデッド共は、闇の奥へと潜んでいく。休眠状態に入っていく。

世界は今日も今日とて伸びゆく緑に沈みつつあった。

そうして朝日は昼間の高い太陽へ。

今日もまたユメコの方が先に起きた。

「ねくろまんさぁあああーーッ!!」

「はい、はい起きました、起きましたハイ」

ユメコによるダイナミック目覚ましにもそろそろ慣れてきたネクロマンサーである。体の上に乗ってきたゾンビ少女を抱きかかえて、眠たそうに起き上がる。

「お花！　お花みにいく！」

「よっしゃ見に行くか」

小脇に抱えたユメコがビチビチするので、ネクロマンサーは彼女を下ろすと、寝間着（パンツとTシャツ）のまま立ち上がった。

「昨日は雨降ってたけど、今日はいい天気だなー」

「うん!!」

ユメコの返事は生返事だった。彼女は絵日記と鉛筆、消しゴム、色鉛筆を手に取ると、大急ぎで寝室を飛び出して庭へ走っていく。ネクロマンサーはのんびりとそれを追った。

そして、ネクロマンサーが庭に着く前に。

「咲いてるぅうーーーー!!」

ユメコの大きな声が聞こえて、「おおマジでか」とネクロマンサーは褪せたつっかけを履いて庭に出た。

「見て！　見て！」

一足先に庭にしゃがみこんでいたユメコが、目を輝かせながらネクロマンサーへ振り返る。

そこには――かつて長躯のゾンビが横たわっていた場所だ――白っぽい青色をした花が、一面に咲き誇っていた。青くたわわに重なる花は、キク科のそれに形が似ている。死体から咲くとは思えないほど甘く上品な香りが漂っていた。その色彩は昨夜の雨に濡れて、キラキラと雫を輝かせている。神秘的な光景だ。

「おおーー、綺麗に咲いたもんだね」

「すごーい！」

「すごいねぇ」

ユメコはすっかり感動している。そしてその感動をぶつけるように、絵日記を膝の上に広げて一生懸命に描き始めた。ならばとネクロマンサーは、収穫用のハサミとカゴを取りに行く。それを持ってきてもまだユメコが絵日記に一心不乱なものだから、インスタントコーヒーを淹れて、窓際に座って、もこもこルームウェアのままの小さな背中を見守っていた。

「……できた！」

「できましたか」

「見て！」

「しからば拝見」

ネクロマンサーはユメコがダッシュで持ってきた絵日記を受け取る。代わりに、牛乳と砂糖を入れた甘いコーヒー牛乳のマグカップを彼女に渡した。

そして絵日記を開けば、青色と水色でページいっぱいに描いた死床花。幼い文字は、「シドコハナがさいた！　うれしい！　すごい！　きれい！」とありのままの感動を綴っている。

「ハナマルつけて！　ハナマル！」

隣のユメコがハシャぐ。「よしよし」とネクロマンサーは赤色の鉛筆を取ると、「たいへんよくできました。絵もとっても上手です」と余白にハナマルをつけてあげるのだった。

「よぉし……それじゃあユメコ」

絵日記を彼女に返しながら、ネクロマンサーはニッと笑んだ。

「薔薇じゃないけど、この花をお風呂に浮かべますか！」

「おふろって、よるにはいるものじゃないの？」

「実は昼に入ってもオッケーなのです。起き抜けにシャワー浴びたりするのはアリアリなのです」

「なるほど！」

「さあ、お花を摘むぞユメコ！　大事に摘むんだぞ！　蕾はまた明日か明後日に咲くだろうから残しておけよ！」

「はい！」

ユメコが「やりたいやりたい！」とぴょんぴょんするので、魔法使いは彼女にハサミとカゴを託した。種を植えた以上、摘むところも全部一人でやりたいらしい。

その間にネクロマンサーがお風呂の準備やら洗濯やらをしていると、ほどなくして庭から「できたー！」という元気な声が。ベランダで布団を干していたネクロマンサーが顔を覗かせ庭を見下ろすと、カゴに青い花をいっぱい摘んだユメコが満面の笑みでそこにいた。


というわけで。

明るい浴室、もうもうと立ち込める湯気。温かいお湯を湛えたバスタブに、青い花をぱらぱら注いで浮かばせていく。そうすると水面いっぱいに青色だ。甘い花の香りも漂う。

「よーし、露天風呂風だ」

そう言ってネクロマンサーが風呂場の窓を開ける。外の景色が見える。どうせ覗くような人類はいない。

かくして遂に花風呂である。服を脱いで、万全の状態で、ユメコはネクロマンサーに抱っこされ、湯船へと。

「わ〜〜〜〜……!!」

お湯に花が浮かんでいるだけ。言葉にすれば味気ないが、視覚的にはかなりの感動がある。青くて綺麗だ。贅沢な心地だ。

「ユメコ、どお？」

「すごーーい!!」

「すごいねー。豪華だねー」

キャッキャとハシャぐユメコ。穏やかに見守るネクロマンサー。

……で、あるが。

「か……かゆい！」

ユメコは水面に浮かぶ花を手で遠ざける。というのも、水面の花弁がゆらゆらと肌に当たり、それが絶妙にチョリチョリと肌をくすぐって……痒《かゆ》いのだ。

「もぞもぞする！　なんでぇ！」

「そりゃお前、花弁がこう……水でいい具合に揺れてくすぐったいからさ……かゆ」

「ふえぇー！」

「はっはっは、だから最初に『やめときな』って言ったのだ……かゆ」

「言ったっけ!?」

「言った言った……かゆ」

魔法使いは肩を竦《すく》めた。

「むかーし、薔薇風呂に入ったことあるのよ、俺。今みたいに花弁がごっついチョリチョリしてさぁ……」

「なんで……言ってくれなかった……」

「ユメコに体験させるのもいいかなって。百聞は一見に如《し》かず、って言うんだぞ、こういうの。一歩、頭良くなったな！」

「んー！」

ユメコがネクロマンサーの隆々とした胸板をバシャバシャ叩く。そうすると水面が揺れて、また花弁が肌にくすぐったいのだ。

「かゆーい！　くすぐったーい！」

「覚えたかユメコ、薔薇風呂は……チョリチョリしてくすぐったいのだと」

「じゃあ、ぷりてぃまりあは……」

「薔薇風呂をラグジュアリーに満喫してたけど、実はメチャクチャくすぐったかったのかも」

「ぶええ……」

「ロマンと現実の格差はこんなもんさ。……次のお風呂は普通の入浴剤入れような、薔薇の香りがするやつ」

「うん……」

「さて……かゆいから花はあとでカゴに上げるか……」

「はい……」

こうしてユメコはまた一つ賢くなった。

ちなみに、風呂に浮かべた死床花はというと――。

「食べられるの？」

「害はないけど食用じゃないなぁ」

風呂上がり、カゴに青い花を回収していくネクロマンサーがユメコの問いに答える。

「……捨てちゃうの？」

男の足元でそれを眺めているユメコは、もったいない……と言いたげだ。「大丈夫」と、花を回収し終えたネクロマンサーは風呂場から踵を返す。向かう先は工房だ。

「言ったろ？　魔法薬の材料になるんだよ。魔力補助の紙巻にでもしようかなーって」

「かみまき」

「タバコですね」

「あのモクモクする棒？」

「そうそう」

懐かしいなぁ、とネクロマンサーは陰の中で小さく笑った。

「昔はよく吸ってたな〜。……お仕事が大変でさ」

「お仕事？」

「あれ、そういえば言ってなかったかな。俺、おまわりさんだったのよ」

「へー」

ユメコの中の『おまわりさん』は、刑事ドラマやアニメの中だけの存在だ。なので
イマイチ、ピンときていない。ピンときていないから、もしかしたらこれは二回目か
三回目の質問かもしれなかった。

「俺は犯罪という恐るべき敵と、毎日ずっと戦ってたのさ。だから強いのよ」

「おまわりさんなら……拳銃もってる？　手錠は？」

「あ〜、それ〜〜ずぇっッたい聞かれると思ったー。……持ってないんだな、これ
が」

「ええ……」

「うん……昔、親戚の子にも同じこと聞かれて、そんなショッパイ顔されたわ……」

工房のドアを開けながら遠い目をする魔法使い。ユメコはどっちゃりと煩雑《はんざつ》な工房

内を見ながら、質問を続けた。

「じゃあネクロマンサーは何してたの？　逮捕？」

「殺人事件の被害者の霊を呼び出して、事情を聞いたり……事件現場の浮遊霊やら地縛霊に話を聞いたり……現場や証拠品の残留思念を読み取ったり……あとは解剖に立ち合ったり、ご遺体のエンバーミングしたり……。俺は刑事ドラマでいうと鑑識ポジションみたいな？　証拠品を集める係」

「カンシキ……あ～」

一緒に観た刑事ドラマを思い出し、ユメコは頷く。ネクロマンサーは昔話を続ける。

「凶悪犯とやり合うのは、もっと別の魔法使いだよ。元素魔術師《エレメンタラー》とか、召喚魔術師《サモナー》とか。……うん、俺はあんまり、表舞台で華々しく活躍ってポジションじゃなかったな。魔法が魔法だしね」

あんまり表沙汰になると、ご遺族の方がね……ネクロマンサーは肩を竦めた。「被害者を生き返らせて下さい」「死んだ犯人を生き返らせて死刑にしろ」と言われることがあるのだと続けた。

「あとはねーやっぱり、いつの時代も面倒臭い人権団体とか宗教団体がね、死者への冒涜《ぼうとく》だーとかなんとか。大変だったなぁ」

「ネクロマンサーはたいへんなのか……」

「そそ。むかーしむかしはネクロマンサーってだけで犯罪だった時代もあるし、邪悪な魔法だって敵視されてたしね。国と地域によっては未だにそんな場所もあったし。ま、だからこそ俺達ネクロマンサーは素性を隠すのよ。こういう無用なトラブルを避ける姿勢を『君子危うきに近寄らず』って言うんだよ、覚えときな」

「はーい！」

「とまあ、そういうわけで大変だからこそ、正規のネクロマンサーってのは少ない部類の魔法使いなのさ。非合法的な非正規ネクロマンサーはいっぱいいたけど。あ、そーゆー違法ネクロマンサーを取り締まるお仕事もしてました。がんばってたのよ、俺」

「すごい！　えらい！」

「ありがとう！」

ネクロマンサーはカゴを作業台の上に置くと、ユメコの頭をわしわしと撫でた。

――かつてこの世界は人で溢れ、魔法と科学でそれはそれは豊かに発展していた。

まあ、一部の地域では紛争やテロや宗教同士の小競《こぜ》り合いがちまちまと絶えなかったし、国家間の貧富格差や政治の腐敗は酷かったが、まあまあ全体的に見ればそれなりに平和ではあった。

ネクロマンサーは国際的な魔術警察官として、このなあなあとした世界の秩序らしきものを守ってきた。仕事にはやりがいを感じていたし、自分の魔法で一人でも救えるのならと思っていた。

(そんな時代もあった……)

魔法を使ったりなんやかんや作業をするからとユメコを工房から出して、ネクロマンサーは青い花を一つ、指先で摘まみ上げる。

死者を弔うための花。甘い香りの花。

――甘ったるくて、煙臭い。

死床花で作った紙巻を吸った後、いつも『上司』にそう言われた。いつも言われたものだから、この花のにおいを嗅《か》ぐとパブロフの犬のように思い出してしまう。

その人は、少し神経質で潔癖なきらいはあったが、正義を重んじる良い人だった。そして凄腕の巫術師《シャーマン》だった。惑星全体を巡る魔術的エネルギーの流れに直接干渉できるほどの大魔術師だった。そのためか普段から五感が人一倍敏感な人で、死床花の紙巻を吸った後は毎度、眉間《みけん》にシワを寄せられたものである。

ぱらり。ネクロマンサーの手の中で水分を失った花がカゴに落ちる。他の死床花も魔法によって水分を失い、乾ききっていた。

「俺はまあなんとか元気に生きてますよ。この罪のない『平和』な世界で……」

溜め息一つ、独り言と共に。それから、魔法道具を作るべく手を動かし始めるのであった。

しかし、それも間もなくである――「ネクロマンサー！」とユメコの呼ぶ声がした。過去へ思いを馳せていた彼は顔を上げ、「どしたー」と返事をする。

「お絵描きしたから見て見てぇえーー‼」

元気ハツラツな明るい声。くすりと男は微笑みながら、扉へと向かうのだ。

「はいはい、今行きますよーっと――」

第三話　べんきょうしよう

「ヤダーッ」

昼下がりに駄々っ子の声が響く。

「イヤか━……」

ネクロマンサーは困ったように肩を竦めた。

居間のテーブルには小学生用の算数の教科書が広げられている。近くの小学校の廃墟から拝借してきたものだ。

ゾンビの少女、ユメコは学校には通っていないが、ネクロマンサーを先生代わりに勉強はしている。今日は算数のお勉強タイムなのだが……。

「算数やだっ」

ユメコはこの調子なのである。

——そう、ユメコは算数が大の苦手なのだ！　なんというか致命的に数字と相性が悪いのである。

数字が10以下の——すなわち両手の指で計算できる範囲ならなんとかできるのだが、例えば5＋6だったり12－7だったり、両手の指では処理できないものになるともうダメなのである。

「ほらぁ、このおはじき使って計算していいから……」

魔法使いが卓上にあるおはじきを示すが、ユメコはうまく理解できない算数相手にすっかりヘソを曲げてしまっている。こうなってしまうと、いかに噛み砕いて教えようとも、ユメコはそもそも聞いてくれなくなるのだ。ゆえに「参ったなぁ」と彼は自らの首の後ろをさするしかない。

「……」

ユメコは口を尖らせて、テーブルにぺたりと突っ伏した。指先で綺麗なガラスのおはじきをツンツンとつつきながら、チラリと上目遣いを向ける。

「……算数、何の役に立つの？」

「役立つよぉ。ものを数えたりするのに便利だよぉ」

「……電卓あるのに？」

「算数をマスターしたら、電卓にポチポチせずにパッと計算できるよ。すごいよー便利だよー」

「……ていうか！　なんで勉強！　しなきゃいけないの！　遊んでるだけじゃダ

メ!?」

「おっ、なかなか哲学的なところを突いてきたなユメコさんや」

ユメコの向かいに座っている男は、長い足を優雅に組み替える。

「確かに……人類が滅んだ現状、学歴がための勉学とは無意味なものと成り果てた。最早《もはや》どれだけ優秀な大学を出たからといって社会的優位性を確保することは能《あた》わず、前代未聞にして古今未曾《みぞう》有の数式を発見したぞと声高に謳《うた》ったところで暗愚《あんぐ》の極みと形容しても過言ではなかろう。人類という知的文明終焉の結果、現状においてプライオリティが高いスキルはサバイバル能力。数字を脳内で捏《こ》ね回すよりも衣食住をいかに確保するかに集約されるのである。しからばなにゆえ、それでもなお勉強せねばならないか——」

すらすらペラペラと語る。ユメコはちんぷんかんぷんで、眉間にシワを寄せた。

「ネクロマンサー、何言ってるの……？」

「勉強すれば、今なんて言ったのか分かるよーになる。勉強して頭がよくなるってことはな、ユメコ、会話が楽しくなるぞ、ってことなんだ。話のネタの引き出しが増える」

「……今でも十分、ネクロマンサーとのお喋《しゃべ》り楽しいよ？」

「ありがと。俺もユメコとのお喋りだーいすき。だからこそね、勉強したら今の百倍楽しくなるぞ」

「百倍……」

「だから算数もがんばろ？」

「算数イヤっ」

「イヤかー……」

「それとこれとは……別ッ」

「別ですかー……」

こりゃお手上げだ、と肩を竦めた。

「ま、しょーがねぇ。今日はここまでとしましょう……」

「頭がメチャクチャ疲れた……」

「お疲れ様。お片付けしたら、気晴らしにのんびりしな」

「そーするぅ……」

ユメコはぐったりしたままそう答えた。ネクロマンサーは「俺はちょっと工房に」と居間を後にする。

●

（……どーすっかなぁ）

工房に入り、作業椅子にどっかと腰かけ、男は作業台に行儀悪く両足を乗せて組んだ。ユメコが真似するかもしれないので、一人の時にしかやらない仕草だ。

それから机に置きっぱなしの資料を手に取り、漫然と眺める。ユメコに関するこれまでの記録の束だ。

（ん……そろそろ脳味噌を加齢処理して成長させる頃合いか……成長すりゃ、ちったぁ数字に強くなってくれたらいーんだが）

空いた片手はガサガサ辺りを探って、紙巻きタバコを手繰《たぐ》り寄せる。死床花で先日作ったもので、死霊術師《ネクロマンサー》の魔力を整える効果がある魔法薬の一種だ。口に挟んで魔法で着火する。そうすれば、煙と共に死床花の甘い香りが漂い始める。

（あんまり怒ったりギャースカしたくねーしなぁ、かといって無知で無学なのはよくねーし……。理科と国語は好きなんだけどなユメコ……。どーすりゃ算数をもーちっと頑張ってくれるのかねぇ）

天井に向かって煙の輪をフッと吹く。そうして考えて、閃《ひらめ》いた。

（そうか、競争相手がいないからか）

無言のまま手をポンと打つ。

（そーいやユメコ、あの改造ゾンビに情が湧いてたみたいだし、友達が欲しいのかも

しれないな)

死床花の一件を思い出す。彼が作って、魔法少女ごっこで使って、そして機能停止させたあの長躯のゾンビに対する、ユメコのリアクションだ。

男は思い付いた作戦にニィと笑う。そこに悪意やイタズラ心はない。このアプローチが自分の作品にどんな影響を及ぼすのか——魔法使いらしい知的好奇心、そして大好きな存在のリアクションが知りたいというちょっと拗《こじ》れ気味の愛である。

魔法使い、ましてやネクロマンサーに、マトモな性格の奴なんていないのだ。

●

「ユメコ、ユメコ」

ネクロマンサーは居間に顔を出し、ぬりえ遊びをしていたユメコに声をかけた。

「俺、ちょっくら探索に行ってくる。お留守番よろしくね」

「はーい、いってらっしゃい!」

ユメコは椅子からぴょんと降りると、大きな体にムギュッと抱きついた。行ってらっしゃいのハグだ。ユメコにとって算数の勉強を勧められるのはノーセンキューだが、彼のことが好きなのは偽りのない事実なのである。もう一つ、ユメコなりにヤダヤダとワガママをぶつけて悩ませるのは、幼いなりにも「怒らせちゃったかも……」とそこはかとなく罪悪感があるのだった。

だからこそ、それを汲み取るネクロマンサーは「怒ったりなんかしてないよ」という意図を込めてユメコを優しく抱き上げる。

「ちょっと遅くなるかも～。お腹空いたら、冷蔵庫の中の昨日の残りをチンしてお食べ」

いつも通りの、そして柔らかな声で言いながら、抱きしめたユメコのもちもちほっぺに自らの頬を合わせる。「わかった！」と頬をもちーっと合わせてくるユメコの元気な返事に、「えらい！」と彼女の背中を撫でた。

「ユメコ、俺はユメコが大事で、世界で一番大好きだからね」

想いは言葉にしなければ伝わらない。伝えなかった結果には後悔が待つ。そのことを男は知っている。だから彼は、ことあるごとにユメコが大事な存在であることを言葉で表すのだ。そして言葉だけでなく、死んだ肌の白い額に口付けを落とすのである。

「うん！　ユメコもネクロマンサーのこと、だーい好き！」

少女は嬉しくて天真爛漫に笑う。「早く帰ってきてね」と伝え、ユメコは出立する彼を見送った。

さて――そうなれば家にはユメコ一人。昼下がりはシンと静かで、電気をつけていない部屋は自然光にほんのり明るい。

ネクロマンサーが留守の時、ユメコには守らねばならないルールがある。

その一、火を使わない。火事になる恐れがあるから。

その二、結界の外に出ない。アンデッドがいて危険だから。

その三、工房に入らない。劇薬などをぶちまけたら危ないから。

以上。

逆に言うと、この三つさえ守れば基本的には何をしてもいい。何をしようかな、とユメコはお見送りをした玄関から引き返す。洗濯物は干してある、やるとしたら掃除だろうか。

(でも、その前に……)

ユメコはルンルンとした足で冷蔵庫を開けた。板チョコを一枚取り出す。おやつタイムだ。居間のソファにまふっと座り、良く冷えたチョコを包装紙の上からバキバキ砕く。それから包みを開けて、チョコの欠片を少しずつ食べるのだ。冷えたチョコはいい感じに固くなり、バリバリとした食感を与えてくれる。

「んー！　おいし」

丈夫な歯で噛み砕く。死体の温度であるユメコの口の中は人間よりも冷たく、チョコはなかなか溶けにくい。だからユメコはチョコをビスケットのように食べる。この固い感じが好きなのだ。

普段ネクロマンサーは「チョコばっかり食べすぎないように」と言う。これは本来味覚のないゾンビが偏食をこじらせることを防ぐためなのだが、さておきユメコはめいっぱいチョコを食べることに幸せを感じていた。

チョコレートは幸せの味。甘いし、おいしいし――それに。

「――ほら、おいしいか？」

思い出すのは昔の記憶、優しいネクロマンサーの声。味覚を与えられたユメコが生まれて初めて――ゾンビなのでこの表現は適切ではないのだが――口にしたのが、このチョコレートの味なのだ。彼が手渡してくれた、板チョコのほんの小さな欠片だった。

初めての味覚。それにユメコはとてもとても感動したものだ。喜ぶユメコを見守るネクロマンサーも嬉しそうで、幸せで。

――だから、ユメコにとってチョコレートは幸せな記憶の味。一番大好きな味。温かな幸せに浸りながら、そうしてまた一口、ユメコはチョコの欠片を食べるべく口を開けた――その時である。

ぴーんぽーん、ぴーんぽーん……。

「ふがっ⁉」

聞き慣れない音だった。ビックリ仰天したユメコはチョコを食べることも忘れ、辺りを見渡した。そして思い出す。今のはインターホンの音だ。それは確か……家の外に誰かがいることを示しているものだ、とユメコは記憶から情報を引っ張り出す。

（ネクロマンサー、忘れものかな？）

立ち上がって、壁際まで小走りに駆け、背伸びして、インターホンのモニターを確認する。するとそこには――見知らぬ少女が立っていた。褪せた灰色のボブヘアーに、不思議な色合いの紫の目。服はスポティッシュなパンツスタイルだ。年の頃はユメコより少しだけ上、だろうか。快活なのにどこかミステリアスな雰囲気がある。

「ど……どなた様がどちら様ですか？」

ユメコは通話ボタンを押して、見知らぬ少女に話しかけてみる。ドキドキしすぎて変な言葉になった。すると彼女はインターホンのカメラを覗き込みながら、

「わ！　人がいるんだ。ここに住んでる人ですか？　ひょっとしてユメコ？　表札に書いてある名前の？」

「ゆ……！　ユメコです」

「へえ～！　まさか誰かに会えるなんてぇ。ねえねえ、ちょっと顔見せてよ！」

なつっこい声でそう言われ――ユメコは警戒や不審よりも好奇心が勝った。何より、

この世界で生まれて初めて見る同世代の女の子に、ユメコは心を躍らせていたのだ。

「……うん！　いいよ！　今はネクロマンサーもいないし！」

誰だろう、何をしに来たんだろう、どんな子なんだろう、わくわくした気持ちがユメコを突き動かす。終わった世界で人もおらず、防犯意識や警戒心を育む必要性がなかった結果でもある。ゾンビ少女は走り出し、勢い良くドアを開けた。

「こんにちは！」

ドアを開けると同時に、インターホン越しに聞いた少女の声で挨拶が聞こえた。ユメコの目の前には例の少女がいる。本当にいる。インターホンのモニターで見た通りの姿で。ゾンビ少女は驚いた。

「……誰⁉」

「あ。自己紹介してなかったね、そーいえば。私、シジマ。旅をしてるんだ。この辺をうろついてたら、誰かが住んでるような家を見つけたからね、気になっちゃって」

「シジマっていうのか……ユメコはユメコ！　よろしく！」

握手、と手を差し出した。アニメやドラマで学んだ知識だ。見知らぬ少女、シジマは差し出された小さな手を見ると、嬉しそうな笑顔でその手を握った。ユメコは死んだ肌からシジマの温かさを感じた。生きている者の温度だ。シジマはアンデッドではない。

「よろしくユメコ！　歓迎してくれて嬉しいな」

「ゾンビじゃない女の子、初めて見た！　すごーい！　ネクロマンサーと全然ちがーう！　ちっちゃーい！」

ユメコは好奇心のまま、シジマの周りをぐるぐる回り、まじまじと眺める。見慣れた偉丈夫《いじょうぶ》とまるで異なる。まず、ユメコと顔の位置が近い。薄くて細くて小さい。なにより顔が見える。

「ネクロマンサー？　ユメコは魔法使いと一緒に暮らしてるんだね」

シジマが自分の周りをぐるぐるするユメコを目で追いながら言った。「うん！」とユメコは頷く。

「ネクロマンサー、今はおでかけしてる！　外から色んなモノ持ってくる！　チョコとか！」

「チョコなら私も持ってるよ、おいしいよね。一緒に食べる？」

「食べる！」

「じゃあ……お家あがってもいいかな？」

「どうぞ！」

ユメコにとって生まれて初めてのお客さん、ネクロマンサーではない人間（の、はず）。それがユメコの死んだ脳をハシャがせる。「おじゃましまーす」とシジマは『ゆめことねくろまんさーのいえ』に上がった。キョロキョロしながら、ユメコに居間へと案内される。

「へえ〜、綺麗にお掃除してあるね。ユメコがお掃除したの？」

「まあね！」

「凄いじゃん！　えらいな〜」

「ふふん」

褒められて得意気な気持ちになるユメコ。その傍ら、シジマはテーブルの上に置きっぱなしになってあった算数ドリルを発見した。

「算数ドリルだ〜。ユメコ、お勉強してたんだ」

「ま……まあね！」

「算数得意？」

「ま、まあね！　……。ごめん、嘘ついた……算数、苦手……」

「素直でえらい！　奇遇だねー、私も算数は苦手なんだよね……」

「ほんと⁉」

「ほんとほんと。……そうだ！」

シジマはポンと手を打った。

「じゃあさぁ、一緒に算数のお勉強しよーよ！　教え合いっこしたら、きっと算数の分かんないところもうまくできるようになるよっ」

「おしえあいっこ……！」

「勉強会だー！　二人がかりなら、この算数ドリルだって楽勝だよ！」

「べんきょうかい……！」

ユメコにとって、それはなんだかとってもインテリジェンスで、知的でオトナでカッコイイものに思えた。

だからユメコは目を輝かせながら「うん！」と力一杯に頷いたのであった。シジマに対するなんやかんやの質問はぶっとんだ。ユメコの脳はシングルタスクなのである。

●

シジマが淹れてくれた紅茶のかぐわしい香り。

食べ終わったチョコレートのクシャクシャの包装紙。

「……できたぁー！」

ユメコは両手をワーイと上げた。

「できたー！」

シジマが隣で拍手をする。

二人は額を合わせて算数ドリルに臨《のぞ》み、遂にネクロマンサーが「ここまで頑張りたいね」と付箋《ふせん》を貼っていた場所まで解き切った。

「算数、ちょっとだけ、分かり合える気がする……」

ユメコは回答欄が埋まったドリルを見て、感嘆の息を吐いた。

隣のシジマが一緒に解いてくれたおかげで、ユメコは途中で投げ出さずに済んだ。一緒に解いて頑張ろうと言われた手前、ユメコは算数を拒絶することができなかったのだ。それにシジマも途中で「ここどうするんだろう」と悩む場所があり、そこはユメコも一緒に考えねばならなかった。

ネクロマンサーと勉強する時とは違う。彼は教える側であり、立場的には上になる彼へ、ユメコはどうしても「分からないモヤモヤ」をぶつけてしまいがちである。だがシジマは教わる側、ユメコと同じ立場だ。それは『親への反発』と『友達との結託』に近しいものである。

「さてと！」

と、シジマが不意に立ち上がる。グッと伸びをした後、彼女はユメコへ笑顔で振り返った。

「お勉強いっぱいしたし、遊ぼ！　この近くに公園あるでしょ、そこで！」

「……遊ぶ!!」

ゆめことねくろまんさーのいえの近くには、小さな公園がある。遊具は錆び切っておらず、雑草もない。それはなぜかというと、ネクロマンサーがユメコのために防錆魔法を遊具に施したり、ゾンビを使役して除草をしたりと、定期的にメンテナンスしているからである。

そんな公園へ、二人の少女がきゃあきゃあと走ってくる。「公園まで競走」とシジマが提案したからだ。

「うひゃあー、ユメコ速～い……！」

公園に到着するなり、すっかり息の上がったシジマは膝に手をついて苦笑した。一方のユメコはゾンビゆえに息一つ乱れていない。ちなみに彼女の筋線維は選りすぐりした『素材』で造られているので、この小柄さからは想像できないほどの身体能力を誇る。

「走るの得意！」

ユメコはドヤりと胸を張る。「すごーい」とシジマは称賛した。

「……でも調子に乗って走り続けてると、体が壊れるから、ほどほどにって言われてる！」

負荷を無視して行動できる反面——痛みや疲れというリミッターがないゆえに、負荷をかけすぎれば肉体にガタがくる。ユメコは一度、いつまでもすごい速さで走れることが心地よくて走りすぎて、足の繊維が千切れたことがある。ネクロマンサーにこってり叱られたものだ。

「ちゃんと言いつけ守ってるの、えらいねぇ！」

シジマが微笑む。その息は弾んでいる。ユメコは人間がハアハアしている時はしばらくそっとしておかないといけないことを知っている。だからシジマが息を整えているのを見守りながら、彼女に声をかけてみる。

「シジマ、どこからきたの？」

「ん？　遠くの方からだよー」

「トオクノホーって？」

「んー、北海道」

「ホッカイドウかー」

「北海道知ってる？　北の方にあるおっきな島だよ」

「へえー」

「五月になるとライラックが咲くんだよ」

「ごがつ？　らいらっく？」

「ごがつはね、春の後、夏の前のこと。ライラックは綺麗なお花。ねえ、ライラック見たことある？」

本を持ってきてくれる。


「じゃあ、本で写真を探すといいよ！　綺麗だからさ」

本と聞いて、ユメコはネクロマンサーを思い出す。彼はよく図書館や本屋などから本を持ってきてくれる。


「ううん、ない」

それからユメコは言葉を続けた。


「シジマ、旅してるって言ってた」

「そだよー。自由気ままにその辺をウロチョロと」

「カッコイイ！」

「ありがと！」

ふう、と息を整え終えたシジマが身を起こした。

「さてっ！　ユメコ、かくれんぼしよーよ！　鬼ごっこは……私ちょっと勝てなさそうだし」

「かくれんぼ！　いーよ！」

それから少女達は公園でめいっぱい遊んだ。かくれんぼをしたり、砂場で遊んだり、ブランコやシーソーをしたり。

かくれんぼはシジマがとてもうまかった。ユメコは隠れるのがちょっと下手なのですぐ見つかってしまう。ならばユメコが鬼の時はどうかと言えば、これまたシジマは隠れるのがうまいのだ。

砂場では大きな砂山を作って、トンネルを二人がかりで開通させた。シジマはとても手先が器用で、トンネルに木の枝や葉っぱで飾りつけをしてくれた。

ブランコやシーソーでは、他愛もない話を延々と交わしたものだ。ささやかな話題だけれど、笑いは絶えなかった。

そして気付けば空は茜色――夕方だった。

「あ、もう五時だ」

公園にある背の高い時計を見上げてシジマが言った。

「ごじ……」

滑り台から滑り降りて、ユメコはシジマが見上げた方を見た。長い針が12、短い針が5を指している。

「五時になったから、私は帰らなくっちゃ」

滑り台の近くにいたシジマがそう言ったので、ユメコは「ええー！」と目を真ん丸にした。

「なんで！　やだー！」

「ユメコに帰るお家があるように、私にも帰る場所があるんだよ～」

「うう……ネクロマンサーも、シジマ来たらきっと喜ぶ……」

シジマを引き留める言葉を口にしながら、ユメコはワンピースの裾をきゅっと掴んだ。シジマは困ったように肩を竦める。

「ありがとう。でもね……ユメコの家の周りに結界あるでしょ。あれをコッソリくぐり抜けてきちゃったから、結界を張った魔法使いに私のことがバレちゃうといろいろマズいんだ。だから……私のことは、ネクロマンサーにはナイショね？」

言い終わりに、シジマは片手を差し出した。小指を立てていた。

「また明日も来るからさ！　だから、ゆびきりげんまんしよ？」

「……ほんと？」

「今日と同じぐらいの時間に来るよ。また一緒にお勉強して、遊ぼうね」

「……うん！」

ユメコは頷き、小指を差し出した。ゆびきりげんまん、これはネクロマンサーから教えてもらった。

「ゆびきり、げんまん、嘘ついたら……」

茜色の公園に、少女二人の内緒の約束。

ゆびきった、と手が離れた。シジマは「また明日！」とユメコに手を振りながら軽快に走り出す。

「また明日！　また明日ねー！」

ユメコはシジマが見えなくなっても手を振り続けていた。

そして辺りが静かになった頃、もう一度時計を見上げるのだ。

「……五時」

今の針の形が五時。それをじっと見つめていたユメコだが、ネクロマンサーの「暗くなる前には家にいなさいね」という言いつけを思い出し、シジマが走っていった方向を何度も振り返りながら、自分の家へと走り出した。

●

──とまあ、試みはうまくいったわけだ。

その日の早朝間際のこと。ネクロマンサーはスヤスヤ眠るユメコの隣に寝そべって、その幸せそうな寝顔を布団の上で見守っていた。

これはユメコが知らない真実だが、シジマとはネクロマンサーが魔法で変身した姿である。つまりシジマはネクロマンサーその人なのである。

なお、彼が帰宅してからユメコは明らかにソワソワしていたし、帰宅するなり「ライラックが載ってる本が欲しい！」と言ってくるなど、端から見れば怪しさ爆発の様子だったが──シジマのことはシジマとの約束を守って話さなかった。「ユメコ、えらい！」と褒めたいパッションを、彼はユメコが算数ドリルを頑張ったことへの褒めに思いっきり回した。「えらい！」と褒めまくって撫でくりたおした。

ちなみにシジマの「北海道から来た」という言葉の真意は「まあ昔に行ったことあるから実質北海道から来たって言っても嘘じゃないし」で、「シジマのことは内緒に」というのは、ユメコがシジマとネクロマンサーを会わせたがることを防ぐためである。

（『親から勉強しろ言われたらモヤッとするけど、周りの友達が急に受験勉強を始めたら途端に勉強したくなる』作戦は成功だな）

眠るユメコの平べったいお腹を、布団の上からゆったり撫でる。

（やっぱ、同年代の同性と関わるってのは、大事なことなんかねぇ）

大人と子供、親と子、先生と生徒。子供と子供、他人という存在、友達同士。

関係が異なれば視点は異なり、得るものも異なる。——尤も厳密に言えば、ネクロマンサー＝シジマなので根本的な関係性は不変ではあるのだが。

そして男は願うのだ。ユメコがシジマを介して精神的に何か得るものがあればいいな、と。終わってしまった世界なれど、意味を失った世界ではないのだから。成長や進歩が無駄だと言ってしまうのは、「どうせ死ぬんだから生きてても意味がない」と同義である。

「ふわぁ……」

アクビをした。寝て起きたら、図書館に足を伸ばすか、と考える。うとうとしながら思い出すのは、世界に人が溢れていた頃——五月に見たライラック。鮮やかな花の房。地面に散らばった小さな花々。大通り公園とテレビ塔。北海道は寿司がうまかった。

（寿司食べてぇ……）

ユメコを撫でる手が止まり、男は眠りに落ちる。久しく食べていない寿司の夢を見た。


そうして朝が過ぎて昼になる。目を覚ましたユメコは終始浮き足立った様子だった——シジマを待っているのだ。だがそれはあくまでもネクロマンサーには内緒にしている。彼も空気を読んで「どうしたの？」と聞いたりしない。

「じゃあ俺は本探しに行ってくるからね。ユメコ、宿題がんばれよ」

宿題とは、算数の問題が載っているプリント（ネクロマンサーがどこぞから持ってきた）である。

「はーい！」

ユメコは元気良く答えた。「気をつけていってらっしゃい！」と玄関まで背中にしがみついて見送りに来てくれたユメコに「いってきまーす」と言いながら、男は願う。

このシジマ作戦で、ユメコの算数嫌いが改善することを。

かくしてネクロマンサーは結界の外に出る。行く先は図書館だ。誰もいない図書館は、学校の放課後の図書室のようである。本は散乱していない。最初に発見した時は酷い状態だったが、男がゾンビを召喚し使役する魔法で、整頓と掃除を行ったのだ。

こんな感じで、彼は魔法でこの町をメンテナンスし保っている。必要になれば、専門家や技術屋の霊を呼び出して、その知識と技術を行使させることもある。

狭い範囲ながら、生活圏を文化的に保つのはなかなか労力が要るものだ。率直に言うと魔力が要る。そのために、しばしばネクロマンサーは魔力補助の道具を用いる。今くわえている死床花の煙草がいい例だ。

(図鑑、図鑑……)

本棚の間をゆっくりと歩く。歩みに合わせて花の香りを乗せた紫煙が揺らめく。図書館で煙草など行儀悪いったらありゃしないが、咎《とが》める者は皆、死んでしまった。

「あったあった」

ほどなくして花の図鑑を見つけた。手にとって目次を見る。ライラックの項目があった。ページを開く。紫やら桃色、あるいは純白の花房の写真。そしてふと――ある項目に目を留めた。

(ライラックの花言葉は……『大切な友達』)

全くの偶然に男は目を丸くした。シジマとしてユメコにライラックの話題を出したのは、本当にただの気まぐれだった。なんだか感慨深い心地に浸りながら、図鑑をリュックに押し込んだ。それからいくつか、ユメコ用の絵本を同じようにレンタルする。リュックを背負い直し、懐中時計を見た。

（さて、そろそろ行くか……）

魔法の呪文——基礎的な変身魔法のそれ——を唱える。そうすれば不思議な煙が漂って——その中から一歩踏み出しつつ現れたのは、シジマという少女だった。

「それじゃ、友情パワーを高めに参りますか」

少女（男）は得意気な様子で、威風堂々と『友達の家』へと歩き出すのであった。

●

インターホンが鳴った。

シジマが来た！　——ユメコは最大速度で玄関まで走ると、勢い良くドアを開けた。

「シジマ！」

「ユメコ、やっほー」

そこにはシジマがいて、笑顔でユメコに手を振っていた。

「シジマー！」

ユメコは嬉しさのまま、ネクロマンサーにするようにシジマへぴょんと抱き着いた。

「わあ。んふふ」

勢いに半歩足が下がったものの、シジマはぎゅーっとユメコを抱きしめ返す。するとユメコが、やはりネクロマンサーにするように頬に頬を寄せてくる。もちりと少女同士の頬が合わさる。

「シジマいいにおーい！　お花のにおい！」

「そお？　ユメコもいいにおい！　いいシャンプー使ってるんだ？」

「メチャクチャいいやつってネクロマンサーいってた！」

「メチャクチャいいやつなんだー」

ユメコを両腕一杯に抱っこしたまま、シジマはのしのしと家の中にお邪魔する。そうして居間へとたどりつく。

「今日も一緒にお勉強して、オヤツ食べて、それからいーっぱい遊ぼうね！」

ユメコを下ろし、頭を優しく撫でながら、シジマが笑みを向けた。「うん！」とユメコも楽しそうだ。

そして――『都合良く』用意されていた算数の問題を、また二人で解いていく。休憩時間にはシジマがココアを用意してくれる。小麦チョコをポリポリかじりながら、脳に数字を慣らしていく。

　ユメコの進化は目覚ましいものだった。シジマとお菓子を食べながら勉強をするのは、ユメコにとって心から楽しいものとなった。

「ユメコ、すごい！　どんどん算数に強くなってる！」

　そんなユメコを、シジマは手放しに褒めてくれる。テーブルの上にはやりきった宿題。ユメコは達成感に誇らしげになりながら、時計を見上げた。

「まだ五時まで、時間ある！」

「時計、読めるんだ？　ユメコすごい！」

「うん！　五時まで時間あるから、いっぱい遊べるねっ」

　ユメコは天真爛漫に笑む。時計を読む力が上がっていることに、シジマ（ネクロマンサー）は感動を覚えていた。そしてその感動を隠しつつ、あくまでも何気ない様子で言葉を続けた。

「ユメコ、今日は何して遊ぶ？」

「探検ごっこ！」

「探検、いいね！　どこ探検する？」

「……ネクロマンサーの工房」

「ええ⁉　でも、そこって危なくない？　魔術師の工房なんてロクなモンじゃないよ！　散らかってるし、危ないものだらけだし」

「むうぅ……前にネクロマンサーが言ってた、メンキョショ、見たいの。ずっとずっとずっと気になってる……」

「免許証？　ああ、なるほどね。ユメコはネクロマンサーの免許証が見たいんだ？」

「見せてくれるってネクロマンサー言ってたから！　でもまだ見せてくれない！　工房ちらかってるから……探すのめんどくさがってる！」

「うーん一理ある……散らかってると、うん……よし分かった分かった。免許証見たら満足ね？」

「うん！」

「よし。じゃあユメコ、ちょっと待ってて。工房は危ないから……私一人で行ってくる。私は魔法のこと分かるから大丈夫！　ユメコはドアの外で、敵が来ないように見張りをしててくれる？」

「見張り！　する！」

「決まり！」

免許証を見せて工房への関心が薄れれば何よりだ――ネクロマンサーはそう考えていた。シジマとして言った通り、工房は散らかっているし危険物もある。知識のない者が一人で踏み込むのは危険なのだ。

というわけで、ネクロマンサーの工房へ。ドアの外にはユメコが、立派な見張りとして眉根を寄せている。

（さーて、免許証免許証……）

シジマは自分の工房を漁り始めた。確かこの辺に……とガサゴソ探りに探れば、ほどなくして一枚のカードを発見する。情報保護のために付与していた認識阻害の魔法をフッと吹き飛ばす。そして――「あちゃー」と額を押さえた。

――『シジマ』。

名前の欄にはそう書かれていた。証明写真にはシジマと同じ色をした男――褪せた灰色の髪に、紫の特徴的な色彩の目――が写真写りの悪い顔を晒《さら》している。この世の終わりの犯罪者か？　みたいな顔だ。

（そうだわ……そういえば俺って本名シジマだわ……。ずっと呼ばれてないからマジで忘れてたわ……）

そして同時に、名乗らねばならない状況ですぐ頭に浮かんだ名前が「シジマ」だったことに、シジマ自身が「忘れてたけど覚えてたんだなぁ」としみじみする。外見についてもそうだ。変身魔法を使ったのに、髪と目の色を意識せず自分の地色にしていたのだ。

さておき。免許証のシジマと少女のシジマは別人だと押し通せるだろうか。ユメコは気付かなそうではあるが、ピンと来られるとマズい。シジマは腕を組んで考える。免許証が見つからなかった、だとユメコが探したがる可能性が出る。

(あ、そーだ、もっかい認識阻害魔法かければいーじゃん)

俺は天才だ。そう結論を出すと、もう一度免許証に認識阻害魔法を施した。不思議なモヤに包まれたそれを手に、シジマはいそいそと工房から出る。

「ユメコ、見つけたよ！」

「ほんと？　ほんと？」

「ほーら、これ！　……認識阻害魔法かかってるけど」

シジマはユメコに免許証を手渡した。ユメコは嬉々として手に取ったものの、モヤモヤして見えない免許証にガッカリとした様子だ。

「見えなーい……」

「しょうがない。ネクロマンサーって特に情報秘匿《ひとく》しなきゃならない魔法使いだからさ」

「……早く魔法をみやぶる魔法、使えるよーになりたいな……」

ユメコは免許証をじっと見たまま、ぽつんと呟いた。

「ネクロマンサーの顔、見れたらね、記念にね、似顔絵かく！　色鉛筆いっぱいあるし。ユメコ、絵描くのうまいんだよ！　ネクロマンサーいっつも褒めてくれるもん」

「……ユメコ……」

なんて健気なんだ——てっきり、顔が気になるだけかと思っていたのに。不覚にもジーンときたシジマは、思わずユメコをぎゅっと抱きしめた。

「いつかユメコは、世界一の魔法使いになれるよ！　どんな魔法だって使えるよっ」

「えへへぇ、がんばる」

「私は心からユメコのこと、応援してるからね」

髪を撫でながらユメコを見つめる紫の瞳は、とても優しい。午後の日差しを吸い込んで、青にも灰にも移ろい見える。曖昧なれど神秘的な色合いだ。

ユメコはどこか懐かしさを覚えた。だけど、その正体が分からなかった。

「ほら！　免許証、あった場所にコッソリ戻しておかないと。ネクロマンサーにバレたら、『お前ー工房に入ったのかー』って怒られちゃうよ！」

「は！　それもたしかに！」

「免許証、戻してくるね。そしたらお外に探検ごっこしに行こっ」

「はーい！」

ぱたぱた、と廊下を少女達が駆ける音が響く——。

探検ごっこ。

まあ文字通りの『ごっこ』だ。子供がするような、ささやかな……そしてちょっと特別なお散歩である。普通の子供がやるようなそれと違うところを挙げるとすれば、正式名称が『廃墟探索』なところだろうか。

ユメコが探索できるのは結界内のみだ。だがこの結界、実のところそんなに広いというワケではない。結界は広いほど魔力の消費が大きく、維持が大変だからだ。でもユメコにはのびのびとさせてあげたい、一方でアンデッドの脅威をローコストで防ぎたい……ネクロマンサーのそんな願いをできるだけ再現した広さなのである。

今日は結界のギリギリまで行こう、とユメコがスリリングなことを言った。シジマ（ネクロマンサー）としては、まあ結界内だしいいか、という気持ちで承諾した。

そういう訳で、今ユメコとシジマはありふれたマンションの前にいる。入り口のガラス扉は割れてしまって筒抜けだ。かつては手入れされていたであろう植え込みは荒れ放題に緑が茂り、マンションの壁面にこれでもかと蔦が這っているし、日陰の部分のコンクリートには苔がたくましく生《む》していた。

「何階建てかなー？」

シジマは首を動かしてマンションを見上げ、横目にユメコを見た。シジマに問われたユメコは、指を指して順番に下から数えていく。

「ん～……六階！」

「六階だねー。一階ごとに五部屋あるとしたら、全部で何部屋あるんだろうね？」

「んー……五部屋が六つ……5＋5は10で、そこに5を足して15で、そこに5を足して20で、ええと……あれ？」

途中で何回、5を足せばいいのか分からなくなるユメコである。するとシジマが、

「五部屋が六階分、つまり5が六回あるんだねぇ。ほらユメコ、九九だよ！　今日やったとこ！　五の段！　ごいちがご、ごにじゅう……」

「ごさんじうご、ごしにじう、ごごにじうご、ごろくさんじゅう……30！」

「すごいすごい！　ユメコめちゃくちゃ記憶力いいね！」

「むふふ」

シジマにパチパチ拍手され、ユメコは得意気に胸を張った。実際、いざやる気になったユメコの記憶力は目覚ましいものだった。「やりたくない、どうせできない」という気持ちが足を引っ張っていただけで、やればできる子なのである。

そんなユメコは上機嫌のままにパッと走り出した。

「一番てっぺんのお部屋、行こ！」

「オッケー！」

二人で階段を上っていく。ゴミの積もったボロ階段だ。結界の中は安全で、暗がりにゾンビや死霊や魔獣やらが留まっていることはない。

足音が静かな世界に響いている。片方は死者で、片方は生者である。

「――とーちゃくっ！」

最後の一段を上り終え、ユメコがパッと手を上に広げてポーズを決めた。間もなくして、息を弾ませたシジマも階段を上り終える。

「はふぁ〜……階段ダッシュなんてひっさびさだよぉ……」

シジマは手の甲で額の汗を拭った。はぁはぁしている彼女（実際は彼）を、ユメコはじっと見ている。

「にんげんって、なんでハァハァなるの？」

「それはねー……酸素がいっぱい必要だから……」

「サンソ」

「空気の中にあるやつだよ。人間はね、こうやって呼吸をして――」

すー、と深く息を吸い込む。シジマは膨らんだ胸に手を置いた。

「胸にある肺で酸素を取り込んで、生きるエネルギーにしてるんだよ」

「どして？」

「どうしてって言われると、難しいな……そういう体のつくりになってるから、かな。きっと理由はないんだ、風が吹いたり、太陽が昇ったり、投げた物が落ちるように……そういう風になってるのと一緒だよ、多分ね」

「ほえー。シジマは頭いいなー。ネクロマンサーみたい！」

ユメコがニパッと笑う。シジマは「俺がそのネクロマンサーなんだよなぁ」と内心思いつつ、何気ない笑みをゾンビ少女に返した。

「シジマは魔法、使える？」

「んー、ちょっと知ってるぐらいかな」

「そうなんだー」

「ほら、一番奥のお部屋に行ってみようよ！　探検、探検っ」

「うん！」

ネクロマンサーは話題を逸らす方法を熟知している。魔法使いは用心深い。素性を隠す死霊術師《ネクロマンサー》ともなれば尚更だ。

二人は階段から一番離れた部屋へ向かう。ユメコが勢いよくドアを開けようとしたが、ガチャンとドアが震えただけ。鍵がかかっていた。

「……ぶっ壊す？」

ユメコがグーで身構える。「まあ待って待って」とシジマがそれを制した。そして腰のポーチから取り出すのは針金だ。

「シジマ、何するの？」

「まー見てなさいな。ここをこうして……」

つまるところのピッキング。ガチャリと鍵が開いたのはほどなくだ。

「シジマすごーい！　魔法⁉」

「違うよー。アナログ。ノーマジカル」

「ユメコもやってみたーい！」

「練習いっぱいしたらできるようになるよ！　……あ、でもお家の鍵で練習しちゃ駄目だよ？」

苦笑しながらそう言って、シジマは「はいどうぞ」とドアを開けた。ユメコは「おじゃましまーす」と見知らぬ無人の部屋に入る。

そこは荒れてはいないが、埃っぽかった。カーテンは締め切られて、昼下がりだが仄《ほの》暗い。周りは生活感が残っている。やや散らかっている。いつか誰かが住んでいた、誰かの家だ。

「お宝、あるかなー」

ユメコはルンルン気分で部屋を見渡した。引き出しを開けたり、クローゼットを開けたり。

シジマはそれを見守りつつ、暗いのでカーテンを開けた。埃がブワッと舞うのでゆっくりだ。ベランダへのガラス戸がそこにあった。酷く汚れて曇ってしまった向こう側、ベランダには干しっぱなしだったのだろう洗濯物がことごとくベランダ内に落ちてしまって、湿り切ったそこには苔が生えていた。

　なんとなくシジマはガラス戸に手をかけた。鍵はかかっていなかった。でもガタが来ているのか開けるのは力業だった。ガタガタと無理な音を立てて戸は開いた。そうすると風が吹き込んでくる——この部屋に風が吹き込むのは何年ぶりなんだろうか。

空は薄く雲がかかって、薄い薄い青をしていた。シジマはボンヤリと、特に何を考えるでもなく、太陽に目を細めた。

「シジマ、見て見て！」

と、後ろからユメコに声をかけられ、シジマは振り返る。そこにはユメコが目覚まし時計を手に満面の笑みだった。

「この時計、ずっと五時にならないね！」

　ユメコが示すその時計は、電池切れか故障かで既に時が止まっている。三時だった。

「三時……ずっとオヤツの時間だよ！　シジマとずっと遊べるし、ずっとオヤツの時間！」

「ははあ、なるほど〜。ユメコは天才だ！」

　そういう風に捉えるのか、とシジマは感心しながら頷いた。

「これは間違いなくお宝だね、ユメコ」

「うんーっ！　持って帰って、ネクロマンサーにも見せてあげるんだ」

「きっと喜ぶよ、ネクロマンサーも」

ユメコは楽しそうに頷いた。だが、はたとその表情が曇り、うつむいてしまう。

「……あれ？　ユメコ、どしたの？」

「ユメコがおうちに帰るってことは……シジマもおうちに帰るってことで……バイバイしなきゃいけない時間になってて……三時と五時の後だ……」

ユメコは目覚まし時計をそっとテーブルの上に置いて、溜め息を吐いた。

「時間は……止まらない……」

どうやらユメコは一つの真理を知ったようだ。時間は時計ではない。時間は止めることはできない。

「そうだねぇ」

シジマはユメコの頭をそっと撫でた。

「ユメコ、大発見じゃん。時間が止まらないって分かったの、天才じゃん。凄いじゃん。お宝だよ」

「そーなの？」

「そーだよ！　次は何を発見できるかな？　もっともっと探検ごっこしてみよ！」

「……うん！」

五時になる前に。

次は隣の部屋、その次はまた隣の……と、少女達の遊びは続く。

そうして、とうとう五時になってしまった。

マンションの出口、ユメコとシジマは向かい合う。

「……」

ユメコは名残惜しそうにしているが、「帰らないで」とせがむことはなかった。本当は帰って欲しくないが、引き留める言葉が聞き入れられないことを理解しているからだ。

「お別れって辛いよね……分かるよ」

シジマはユメコの感情を察すると、両腕を広げた。

「ほら！　お別れのハグしよ！　こういう時は、『またね』って言うんだ」

「うん……」

むぎゅ、と小さな体はシジマにめいっぱい抱き着いた。シジマはその背をぽんぽんと撫でる。

「お別れは辛いけどね、心を成長させてくれるものだと思うな」

「んん……」

ユメコはシジマの体に顔をうずめ——ふと。

「シジマ、お花のにおい……」

ずっと何か、ユメコには引っかかっていた。嗅いだことがある花のにおい——しかもつい最近嗅いだにおいだ、と少女はようやっと気付く。記憶をひっくり返す。そして思い出すのだ。これは死床花のにおいだ、と。

「ネクロマンサーとおんなじにおいするね」

やべ、そーいえば変身前に煙草吸っちゃった——内心でそう思いつつも、シジマは顔には出さずに「そうなの？」とはぐらかす。

「私、お花好きだからさ！　だからほら、昨日もライラックの話をしたでしょ？」

ニコリとそう言う。「そうなんだ！」とユメコは納得してくれた。

（よし、セーフセーフ）

その場を切り抜けたシジマは、抱きしめていた体を離した。

「じゃあ、私はそろそろ帰らないと。次は……明後日にまた遊ぼう！」

「アサッテ……明日のその次ね！」

「うん！　ユメコ、またねっ」

「またねーっ」

シジマが軽く走り出す。ユメコはそれを手を振って見送る。シジマの姿は角を曲がり、すぐに見えなくなった。ユメコは振っていた手を下ろす。今日も楽しかったな、と浸りながら。

（暗くなる前に、帰らないと……）

ユメコは踵を返す。そのまま走り出そうとして——ふと——空の高い場所、結界の向こう側、一つの影を見つけた。鳥だ——ゾンビの。それも凶悪なモノに変質している。見た目はカラスめいているのだが、大きさがワシほどある。膨れ上がって飛び出した目玉はギョロギョロと周囲を睥睨《へいげい》し、腐って裂けた腹からは淀んだはらわたが垂れ下がっていた。そこには細かな寄生虫がびっしりとこびりついて不気味に蠢《うごめ》いている。

結界の上をくるくる旋回したそれは、領域内に入れないと悟ると向こう側に飛んで行った——。

（ネクロマンサーの結界は、すごいなー）

など、ユメコは気にせず歩き出そうとしたが。

「……あ」

気付いた。あのゾンビが飛んで行ったのは、シジマが走って行った方向じゃないか？

「あ……！」

危ない。暗くなると、アンデッドはことさら凶暴性を増す――！

「シジマ……！」

――シジマが危ない目に遭うかもしれない。

ユメコは一瞬、頭の中が真っ白になった。「この世界で生きているのだから、暗くなると危険なことは誰だって知っている、だからシジマには対処法があるだろう」と冷静に思考を伸ばすまで、まだユメコは成熟していなかった。ユメコにとっては「夜＋結界の外＝危険」という方式があまりにも鮮烈に、かつ絶対的に脳に根差していたのだ。

「シジマーっ！」

ユメコは自分のことを強いと認識している。事実そうだ。力は強く、身のこなしは速く、そこいらのアンデッドに負けたことはない。だから自分なら、もしシジマが危ない目に遭っていても助けられるとユメコは考えた。

気付けばユメコは走り出していた。「結界の外は危ないから出ちゃ駄目だよ」――ネクロマンサーのその言いつけを、少女は生まれて初めて破ったのだ。

シジマが曲がって行った方を曲がる。結界の外にユメコはほとんど出たことがない。あったとしてもいつもネクロマンサーが同伴していた。結界の外の地理を、少女はほぼ把握していない。

「シジマ、どこ⁉」

世界は暗くなっていく。見知らぬ場所に囲まれていることも相まって、ユメコは焦燥していた。

「ゾンビが……危ないから……っ！」

「そーだよ危ないよ」

言葉終わりに重ねられた声。ユメコが見やると、すぐ傍に見知った偉丈夫がいる。骨色のローブを身にまとい、顔を闇で覆い隠し、立っていたのは――ネクロマンサーだ。

「ネク――」

「シィ。静かに。大きな声を出すと死者が寄って来る。強い感情もダメだ、死霊がやって来る……」

指先を口元にあてがい、ユメコの言葉を遮りながら、男は少女の傍にしゃがみこんだ。

怒られる――ユメコはそう思って、唇をきゅっと閉じて体を強張らせた。だが魔法使いは「こらっ」と言ったりせず、じっと少女を見つめている。

黄昏《たそがれ》――「誰そ彼（あれは誰か）」の風が吹く。白いローブが揺れて、認識阻害の魔法の闇がたゆたい……ユメコはそこに、シジマと同じ色彩を見た気がした。あの不思議な紫色。太陽が沈んだばかりの空のような。

「ユメコ、落ち着いた？」

大きな掌が、ユメコの頭をポンと撫でる。少女はたじろぐようにコクンと頷いた。

「ネクロマンサー、シジマが……シジマが危ないの」

「シジマ？」

「あっ」

そうだ、シジマのことはネクロマンサーに内緒にしないといけないんだった。ユメコはハッとしつつも、今はシジマの危機なのだ。

「えっと、……シジマがね、ユメコの友達、女の子、結界の外に……走っていっちゃって……」

「うん」

「空にゾンビが……シジマ走っていった方に……飛んでった……危ないって思って……」

「うん、うん」

「だから、助けないとって……シジマを守ってあげたくって……それで……ユメコ分かってる、結界の外に出ちゃダメなこと、でも、でも、でも」

ユメコは二つの約束を破ってしまった。シジマのことを言ってしまったこと。結界の外に出てしまったこと。悪いことをした、という心地に涙がどんどん浮かんでくる。シジマが心配で不安な気持ちが拍車をかけた。

「ごめんなざぁい……」

スカートを強く握ったまま、ユメコはボロボロ泣き出した。

「そっかそっか」

男はそんなユメコを優しく抱き上げる。背中をあやすようにたたく。

「うん、ユメコ、まず……シジマは無事だよ。危ない目になんか遭わないよ。だから安心してくれ」

「……ほんと？」

涙で濡れた目で、少女は魔法使いを見上げた。「ほんとほんと」と魔術装具で覆われた指先でその涙を拭ってやる。

「俺の方こそゴメンって言わなきゃいけないんだ。ユメコのこと泣かせちまったよ」

小さく溜め息を吐いて、それから独り言ちるように呟いた。

「そっか……そうだよな。そりゃ、結界の外に出た人間の方にゾンビが向かってたら……緊急事態だーって思うよな。ユメコは優しいな」

「ネクロマンサー、どういうこと……？」

「あのな、ユメコ。シジマは俺だ。俺はシジマだ。魔法で変身してたんだ。お前の算数嫌いをどうにかしようと思って」

やろうと思えば、幾らでもはぐらかすことはできた。「シジマ？　さっき通りかかったあの女の子だね。俺が魔法でどうにかしたから大丈夫だよ」あたりを口にすれば、ユメコは信じただろう。

だけどユメコを心配させて、危ない目に遭わせたかもしれないことに、男自身が負い目を感じていた。そんな思いをさせて、こうして泣かせてまで、シジマという嘘をユメコに吐き続けることは、なんだか嫌だったのだ。優しいユメコを愛するからこそ、誠意を示したかった。

「ごめんよう。喜んで欲しかったのに、泣かせるなんてなぁ、酷いよなぁ……ごめんよう……」

願いに悪意こそなけれど、ユメコを騙していたことは事実なのだ。ネクロマンサーは心からユメコに詫びた。

「……」

抱き上げられたまま、ユメコはしばし沈黙する。伝えられた言葉を噛み砕き、ゆっくりと理解をしていく。

そして……。

「そっかぁ。シジマが大丈夫なら、よかった！　安心！」

涙の跡を作った顔で、安堵の笑みを無垢に浮かべた。

「そっかぁ……シジマはネクロマンサーだったのね。そっかぁ、だからシドコハナのにおいがして……勉強しようって言ってて……」

大泣きされる覚悟をしていただけに、彼はユメコのその反応に驚いた。同時に、その優しさという美しさに感服する。

「……ユメコが算数苦手って言うからね、どうしたら得意になってくれるのかな、って考えててさ。友達と一緒に勉強したら、楽しい気持ちになってくれるのかな、って。ユメコって友達欲しいのかなぁって同時に考えたんだ。それで……魔法で変身して、シジマっていう女の子の設定で、ユメコに会ったんだ」

「さんすう……、ともだち……」

ユメコはこの二日間を思い返す。シジマとの出会い、共に過ごした時間は、あまりにも未知で鮮烈だった。算数が分かるようになったのも、嬉しかった。ちゃんと解いた宿題を見せるとネクロマンサーがたくさんたくさん褒めてくれて、それもまた嬉しかった。

そう、シジマとの時間は素晴らしかった。そしてシジマはネクロマンサーだった。ネクロマンサーはユメコのために、シジマになった。シジマとの素晴らしい時間は、ネクロマンサーとの素晴らしい時間だった。

「……ユメコのために？」
ユメコは暗がりの顔を見上げる。彼は「うん」と頷いた。少女は彼に改めてしがみつく。
「……ユメコ、算数得意になったよ！」
「うん、うん、ほんとだ。ユメコが頑張ったからだよ」
「……シジマにはもう会えない？ あれ、違う、ネクロマンサーがシジマなんだ……」
「シジマです」
「じゃあ、寂しくないね！ 見た目が違うだけだもん。ユメコね、シジマとお別れす
るのイヤだったの。五時がイヤだったの。なーんだ、シジマとユメコはずっと一緒だ
ったんだ！ 一緒のおうちに帰れるね！」
さっきの涙はどこへやら、ユメコは上機嫌にそう言った。ユメコにとって、見た目
が違うことはさして重要ではないらしい。ネクロマンサーが作り出したキャラクター
なれど、ユメコにとってシジマは『いる』のであり、それは目の前のこの男だった、
だから何も悲しくはないし、不快でもないのである。
「……ねえ、シジマの話は、ほんとの話？ ライラックは、ほんと？」
「変身している間、シジマの正体が俺ってこと以外は、ほんとのことを話したよ。

「……ユメコ、俺のリュックの中から、花が表紙の本を出してごらん」

そう言われ、人形のように抱っこされたままの姿勢で、ユメコは彼が背負うリュックから指定された本を取り出した。そのまま言われたページを開く。そこにはライラックの花のことが写真付きで記されていた。

「きれーい……！」

ユメコはその鮮やかな色に息を呑んだ。ふわふわした小さな花は、とても可愛らしい。

「ライラックの花は、ほんとにある。いつか……一緒に見ような」

「うんっ！」

「……同い年の女の子じゃないけど、もう人間は俺しかいないからさ。俺が友達ってことでいいかなぁ」

すぐ間近、暗がりの顔が死んだ少女の顔を覗き込む。誰にも見えない陰の中――それは優しい笑みだけど、ひとつまみの切なさを含んだ表情だった。

もう人間は俺しかいない。その言葉はきっと、どこまでもどこまでも真実なのだろう。ユメコはそんなことを察し取った。だからこそ、少女は明るく笑うのだ。

「いいよ！　ネクロマンサーは、ユメコの友達だもん」

「うん、……ありがとう、ユメコ」

ユメコは死者だ。冷たい体だ。だけど不思議だ——男には温かく感じた。そして何より、愛しかった。

「じゃあ、一緒にお家に帰ろうか」

「うん！　一緒に帰るー！」

男はユメコを抱っこしたまま歩き出す。ユメコは嬉しかった。切望していた「シジマと一緒に同じ場所に帰る」ことが実現するのだから。ネクロマンサー＝シジマのことが、大好きなのだから。

●

「今日は何食べたい？」

自宅のドアを片手で開けながら、ネクロマンサーはユメコに尋ねた。

「……チャーハン！」

男の反対側の腕で抱っこされているユメコが、元気良く答えた。

「おっけーチャーハンな。じゃあ手洗いうがいしたらクッキングしましょう」

「するー！　お手伝いする！」

「進んでお手伝いするのえらい！」

二人は手を石鹸で丁寧に洗い、うがいをきちんとして、洗濯したてのエプロンをつけて、キッチンへ。

男は冷蔵庫を開ける。昨日炊いたお米をラップでまとめたもの、玉ねぎ、にんじん、ピーマン、ソーセージ、卵二つ、ショウガ――それらを次々とユメコに渡していく。受け取ったユメコは材料をキッチンに並べていく。野菜はどれもラップに包まれた使いかけのものである。

「ユメコ、お米テキトーに電子レンジでチンしといて。『あたためスタート』でオッケー」

「おっけー！」

小さな身長を補うための作業台を駆使して、ユメコは任務を遂行する。

その間にネクロマンサーは材料を切っていく。野菜は粗いみじん切りで、ソーセージは輪切り、ショウガは細かいみじん切り。慣れた手付きだ。もともと死体の解剖やツギハギや改造を行う魔法使いなので手先の器用さはピカイチなのである。特に肉の解体は異様にうまい。

「今日はなんか玉ねぎ平気」

「玉ねぎ、ときどき目にしみない時あるね」

「あるねー。今日はしみない日でした」

　言いながら、男はフライパンへショウガ以外の具材を投入。電子レンジの見張りをしていたユメコに木ベラを渡して「炒めといて」とそれらを託した。焦げないように材料を転がすだけの簡単なお仕事だ。それでもユメコにとっては「すごく料理してる感」がある、誇らしいミッションなのである。

「ネクロマンサー、なんでゾンビにしなかったの？」

　じゅうじゅう焼ける音を見守りながら、ふとユメコがそんなことを口にした。

「ん？　ああ――」

　温めが終わった米を熱そうな手付きでボウルに移し、横目にユメコを見る。シジマのことだ、と理解する。

『シジマという女の子の姿に変身し、友達として振る舞うつもりなのだったら、その死者を弄《いじ》り操る魔法でユメコの友達となるゾンビを作ってあてがった方が楽だったんじゃないか』

　――といった質問内容なのだと男は解釈した。

「ユメコの友達ゾンビ計画は、実のところユメコが生まれる前からありはしたんだよ」

　お米を入れたボウルの中に生卵を割り入れる。ペースト状の中華スープのモト、オイスターソース、醤油を少々。更に刻んでおいたショウガも。

「でもな、この通りユメコの友達ゾンビは作らなかった。だってさ、俺がユメコの友達として作って与えたゾンビって、果たしてホントにユメコの友達なのか？　友達って親から与えられるものじゃないじゃん」

ていう哲学的な理由が一つ。そう言った男は、大きめのスプーンで『味が濃いめの卵かけご飯』を混ぜていく。

「もう一つ……これは技術的な問題なんだけど、『頭のいいゾンビ』って作るの大変なのよ。『作るだけ』なら簡単なんだ、テキトーな死霊を死体にぶち込めば良いだけだから」

「ぶち込む」のところで、男は味付きご飯を野菜を炒めていたフライパンへ一気に入れた。そのままユメコから木ベラを受け取り、火力を最大に。

「でもな、生きてた人間が突然、死んだ体で生き返るとな、時間の経過と共にオカしくなっちゃうんだよ。これを我々ネクロマンサーは『肉体と自我の拒絶反応による精神異常』と呼びます」

「キョゼツハンノ……」

ちょっと難しい言葉だ。ユメコが首を傾げると、「犬の体に鳥の魂を入れたら大変なことになりそうだろ？」とフライパンをゆすって豪快にチャーハンを炒めながら男が解説した。

「訓練された屈強な兵士でも、生なる中身と死なる外身のチグハグによって、この拒絶反応が起きる。特に今は人類が滅んでるから、その事実も大きなストレスになるだろうしね。更にネクロマンサーに生死の権利と絶対的な支配権を握られることもストレスになる。人間って思ったよりナーバスなのよね。ゾンビになれてヤッターハッピーってなれるのはサイコパスか一部の変な魔法使いぐれーだわ」

「人間って、大変なんだな……」

「まあねー。で、頭のいいゾンビ作るの大変問題の続き。できあいの自我を使うと発狂する危険性が高い、じゃあ魔法で作ったまっさらな自我を死体に与えればいいじゃん！　てことを我々ネクロマンサーはできるのです。ユメコがこのタイプ。生まれた時からゾンビ。このタイプに教育を施せば頭のいいゾンビを作れます。……が！　学習させるってマジ大変なのよ！　人間並みの知恵をつけられるかどうかはマジでギャンブル！」

せいぜい、頭のいい犬程度にしかならないという。うまく自我が人間らしく育っても、死んだ肉体という『生き物としての不自然』に引っ張られて突然の自我崩壊を迎えるパターンもある。

頭のいいゾンビとは、脳や肉体の調整や、魔力による調律、学習のためのアプローチなど、様々なプロセスを綿密に綿密に、かつ多大な手間と時間をかけなければならずーーそれでもうまくいく成功率は低いのだ。

余談であるが、旧時代……人類の時代は、知能あるゾンビの作成は「やるだけ無駄」あるいは「余程の暇潰し」であった。使い潰すための存在であるゾンビに高い知能を持たせるのは無駄であり（道具は命令に疑問を持ったり、文句を言ったりしない方が合理的）、作ったとしても人権問題やらがまた面倒だし、倫理的に外道と誹《そし》られるからだ。

「つまり！　ユメコ！　お前ほど特別で、すっごくて、奇跡的で、かつ愛されたゾンビは、人類史を見渡したってお前だけだぞ！」

じょわっとチャーハンを宙に躍らせながら声を弾ませた。ユメコは目を真ん丸にしている。

「ユメコ、すごい？」

「すごい！　優しいし賢いし可愛いし！　そいっ！」

フライパンを躍らせ、具材を舞わせ続ける。ユメコは「えへー」と照れ臭そうにもじもじすると、大柄な腰に抱きついた。彼は引き続きチャーハンを火力のままに炒めている。そろそろ完成である。揺すられるフライパンの中、じょわっと具材が空中に舞う。

「アイアンシェフ！　アイアンシェフ！」

「アイアンシェフだー！　すごい！」

「チャーハンは！　フライパンぶん回すのが大事！　手首が悲鳴をあげるぐらい！」

「フライパンじょわーってなってる！　すごい！　これがアイアンシェフ！」

「だろ⁉　よしユメコ！　お皿出してお皿！　あとスプーン！」

「うん！」

　そしてほどなく、チャーハンは完成する。黄金色のパラパラご飯の中に、ピーマンの緑色とにんじんの橙色《だいだい》が映えている。様々な調味料による、何層もの繊細な香りが食欲をそそる。湯気の中でツヤツヤと輝いていた。その輝き度が猛烈なのは、きっと空腹というスパイスのおかげだろう。

「ネクロマンサー、あせすごーい！」

　ユメコは向かいに座った男を見てそう言った。認識阻害魔法で相貌《そうぼう》は見えないが、汗だくなのは分かる。強火を使う料理は汗がいっぱい出るのだ。

「いやーアイアンシェフしましたからね。あっつ……汗やっぱ……手首痛……」

　手首をさすりながら、さて。

「チャーハン食べてみ？　いっぱいアイアンシェフしたからパラッパラのふわっふわだぞ」

「食べるー！　いただきまーす」

女児用の可愛いスプーンを手に、ユメコは早速チャーハンを食べ始めた。ネクロマンサーの言った通り、パラッパラのふわっふわだ。粗く切った野菜がいい食感である。玉ねぎは甘く、ソーセージがジューシーな肉の旨味を連れてくる。キチンと食べ応えがあるのに、後味はショウガの風味でスッキリアッサリ、食が進むのだ。

「おいしい!!」

「な？　だろ！　味見するの忘れてたけどおいしいね」

男もチャーハンを食べる。このしっかりとした味が、一日外で活動していた体に染みる。チャーハンはいい、冷蔵庫の中の適当な余り物で作れるからだ。炭水化物も野菜も肉も摂取できるからだ。余ったらラップでおにぎりにして保存もできるし。

「多めに作ったから、余った分は後で食べよ。第二夜ご飯は冷凍ギョーザメインでいくか」

「うん！」

「しかしユメコ、ピーマン食べれるのホントえらいな」

ネクロマンサー的に「子供ってピーマン苦手になりがちじゃない？」と偏見がある。だがユメコは好き嫌いがないと言っていい。今もにんじんとピーマン入りのチャーハンをおいしそうにもふもふ頬張っている。ユメコはご飯を本当においしそうに食べるので、ついつい見入ってしまう。

「チャーハンおいしい！」

「そっかそっか～」

●

こうして、二人の夜はいつものように流れていく。

結界の外は、危険なアンデッドが徘徊しているのだろう。魔法で護られた家は明かりが点いて、男と少女の声が聞こえてくる。

「ネクロマンサーは、ずっとシジマするつもりだった？」

洗い物を終えて、ソファの上。花の図鑑を眺めていたユメコは、居間に入ってきた男に問うた。彼は外でゴミの処分を行っていたのだ。生ゴミは使役するゾンビに食べさせて分解（そのゾンビは後ほど庭の畑の肥料になる）、その他のゴミは魔法で焼却している。

「ん。俺がシジマちゃんってバレてなかったら、ってことかな」

彼は冷蔵庫から出した麦茶を飲み、ユメコの方を見た。

「一週間ほど遊んだら、シジマは遠くに旅に出るから、しばらく会えなくなるよってするつもりだったかな。そこからは不定期に登場するつもりだった」

それは「長い別れ」をユメコに体験させるためである。夏休みにおばあちゃん家に行って、数日後に帰るアレだ。

そっか、とユメコが図鑑に視線を戻す。

「それは、寂しい……。会えなくなるの寂しいから、……ネクロマンサーにほんとのこと、言ってもらってよかった」

「うん。……騙してごめんな」

「いーよ！　ごめんねしたら、仲直りだもんね」

「うん、うん、ありがとうね、ユメコ」

「……じゃあさ、ネクロマンサー」

ユメコは図鑑をめくる。紫色が印象的な、ラベンダーのページだ。

「ほんとのほんとに、もう人間はいないの？」

「そうだねぇ、いないねぇ」

「どうしていなくなっちゃったの？」

今日もまた、ユメコは問いかけるのだ。

「超やベー異常気象が起きたんだよ」

ラベンダーの花言葉は、沈黙。

「むー！　ネクロマンサー、また人間いなくなった理由が変わってるー！　騙してごめんっていったでしょ！」

ユメコは頬を膨らませた。

「ねえ、ほんとのほんとのほんとのほんとに人間はいないの？」

「うん、あっちこっち探したからなぁ。ゾンビとか死霊とかも使ってさ、それはもうローラー作戦したよ」

「ぬぬぬ……」

「まあまあ、ユメコがもう少し大きくなったらその辺のこともちゃんと話すから」

「ぬー！　もー！　いつもそれー！　ずるい！」

ユメコは飛び起きて、冷蔵庫を閉めた大きな体に飛び付いた。男は少女を抱き留める。

「いつかちゃんと教えるよ。これは本当──そーれ高い高ーい」

「ひゃーー」

高く持ち上げられ、くるくる回され、ユメコはコロッと笑顔になる。

「ぶーん」

「きゃあー」

高く掲げたまま部屋を駆けるネクロマンサー。きゃっきゃとハシャぐユメコ。

「ネクロマンサー！　あれやって！　スーパーマンやって！」

「よーし任せろ」

スーパーマンとは、ネクロマンサーが仰向けに寝転がって、掲げた足の裏にユメコを乗せる体勢のことを指す、二人だけに通じるワードである。

ユメコを下ろした男が、スライディングめいて仰向けに寝転がった。「よっしゃ来い」と構えれば、ユメコが勢い良くやって来る。ジャキーンとドッキング。

「ぶーん」

「きゃあー」

「九九の八の段ー。はっぱ～？」

「はっぱろくじうく！」

「えらい！」

――こんな調子が、朝の五時近くまで続いていく。

第四話　いのちをいわおう

「あかちゃんはどこからくるの？」

雨上がりの滴が煌《きらめ》く、麗らかな午後のことだった。

膝の上で絵本を読んでいたゾンビ少女ユメコに突然そう聞かれ、ネクロマンサーは飲んでいたコーヒーをスプラッシュしそうになった。直前に踏みとどまったが、どうにか飲み込んだ後に盛大に噎《む》せる。

「ネクロマンサー、大丈夫？」

「だいじょばない……」

彼は吐きそうな咳を繰り返しつつ、どうにかコーヒーカップはテーブルに置いて、ユメコから渡された箱ティッシュから紙を引き抜き、口元を拭う。

「はぁ……はぁ……急に予想もしなかったこと聞かれたからビックリしちゃった」

「だ、大丈夫？　ほんとに大丈夫」

「もう大丈夫です、ありがとう……」

ユメコの頭にポンと手を置いた。それからソファに座り直す。

「それで――赤ちゃんはどこから来るの、ですね？」

「うん！　どこから⁉」

ユメコは絵本を置いて、キラキラした目で見上げている。男はフードの暗がりの中、神妙な顔をした。

「それはね、コウノトリさんが運んで来るんだよ」

「コウノトリ」

「鳥だよ。鳥が飛んで連れて来るのです」

「えー！　嘘だー！　だって空飛んでるの、ゾンビかフユーレイか魔獣だけだもん！」

「ンンンンン」

ネクロマンサーは「ご尤もです」と言わんばかりに額を押さえる。確かにこの世界、人間だけでなくかつてのような動物もほぼいない。いたとして変異した魔獣か、ゾンビ化したものだ。

「コウノトリは赤ちゃんをどこから運んでくるの？」

「大地の果てから……」

「嘘だー！　絶対嘘だー！　もー！　ネクロマンサー、隠しごと多い！」

彼の方へ体ごと向いたユメコが、その胸板をぽこぽこ叩く。やれやれ、とネクロマンサーは首をさすった。

「だってしょうがないだろお前……オトナのオトコってのはミステリアスなのさ」

「ぬん！　ホントのこと教えて！　ホントのこと教えて！」

「ああ～、分かった分かった。俺の下唇を引っ張らない……」

男は小さな体を抱き上げて、そのまますっくと立ちあがる。

「よし。じゃあ、一緒に図書館行くか」

「図書館！　いつも本もってきてくれるとこ？」

「そうそう。本がいーっぱいあるところだぞー」

図書館があるのは結界の外だ。だが明るい間に一緒に行けば大丈夫だろうと判断する。たまにはユメコに結界の外の世界を見せてやらねば。

「図書館はじめてー！」

ユメコは大いにハシャいでいる。言葉通り、いつも本を持って来てもらっているものの、図書館そのものには行ったことがないのだ。

「よーしじゃあ、支度をしたら図書館に出発だ！」

ネクロマンサーは抱っこしていたユメコを下ろす。「はーい！」とユメコが手を挙げる。

「ねえ！　オヤツもってっていい⁉」

「いいぞー。でも図書館は飲み食い禁止だから、食べるなら図書館以外の場所でね」

「図書館は……飲み食い禁止……!?」

「そうなんです。走ったり騒いだり、大声でお喋りするのもダメです」

「ルールが多い……！　どうして？」

ピクニック気分だっただけに、ユメコは目を真ん丸にした。男は飲みかけだったコーヒーを飲み干して、空のカップを台所に持って行きながら答える。

「それはね……図書館は厳《おごそ》かなる場所だからです」

「オゴソカってなに？」

「真面目な気持ちでいなくちゃいけないって感じ」

「どして、図書館ではオゴソカしないといけないの？」

「図書館は叡智《えいち》を極める神聖な場所だからだよ。それに、本を読むための場所だから、うるさかったら本に集中できないだろ？　もひとつ、飲み食いして汚れた指で本に触ったり、食べかすが本に落ちたり、本に飲み物こぼしちゃったら、大事な本が汚れちゃうだろ」

「なるほどー！　じゃあ、オヤツはおいてく！」

「えらい！　えらいので出かける前にチョコを食べてOKとします」

「やったー！」

かくしてユメコは板チョコを食べ、お気に入りの靴を履いて、ネクロマンサーと共に「いってきまーす」と声を揃えて家を出る。先日のシジマとの一件を除けば、こうしてユメコがちゃんとして結界の外に出るのは久々だった。

「ネクロマンサー！　はーやくー！」

お出かけが嬉しい少女は急《せ》く気持ちから足早に、男の前の方をちょろちょろと歩いている。道路の真ん中だ。割れたアスファルトから緑が覗き、汚れた白線には亀裂が入っている。信号機はどこも真っ黒で、進めも止まれも語らない。

「はいはーい。あんまり遠くに行くなよー、あと暗そうな場所には近付くなよー」

「はーい！」

なんにもない廃墟の世界だ。けれどユメコにとっては大冒険の舞台である。タイヤの萎《しぼ》んだ車の中を覗き込んだり、倒れた自動販売機を怪力のままに持ち上げてみたり、錆びた空き缶を拾っては「これなに⁉」と笑顔で持ってきたり。

ネクロマンサーはそんな少女を穏やかに見守っている。一方でアンデッドや魔獣に奇襲をしかけられないよう、周囲に警戒を張り巡らせてはいるが。

そのおかげか何事もなく、二人は大きな建物にたどり着く。図書館だ。かつてはガラスの自動扉だったそこは、今は筋力でこじ開けねばならない。ネクロマンサーが「ふんっ」とドアを開ければ、ユメコは嬉々としてその中へ入った。

「おおー！　すごーい！」

初めての図書館。ネクロマンサーが時折整備しているので、廃墟のわりに綺麗だ。

「ここがとしょか……ハッ」

ユメコは両手で口を塞ぐ。図書館ではお喋りしてうるさくしちゃ駄目なのだ。朽ちた張り紙にも「としょかんのなかでは、しずかにしましょう」と小さな子向けの文字がある。

「えらい」

男は小声でボソッと言いながら、ユメコの背中を撫でた。それから「こっちついておいで」と促《うなが》して歩き始める。午後の光が緩やかに差し込み、館内はほの明るい。

そうして、埃の積もっていない椅子にユメコは着席する。その隣にはネクロマンサーが、本を何冊か抱えてやってくる。子供向けの性教育の本だった。

「ではユメコさん」

「はい」

「こちらをお読み下さい。君の求める知識がそこにある……」

ったーー。

赤ん坊はどこからくるのか。ユメコは真相を確かめるため、神妙な顔で本を手に取った――。

そして。

「はい！」

「読みましたか」

「――読んだ！」

ユメコが本を閉じてそう言うので、向かいで児童書を読んでいたネクロマンサーが顔を上げた。

「分かった？　赤ちゃんがどこからくるか」

「ママのお腹の中から……なんだね……！」

「そうだねぇ。命の神秘だねぇ」

「ユメコもママのお腹から生まれた？」

「んー……総合的に言うと肉体はそうだね」

「ユメコのママはどこにいるの？」

「肉体的な意味でのママは、体は土に、魂は空に還ったよ。パパもね」

「じゃあ……肉体的じゃないママとパパは？」

「俺！　俺がママでパパだよ!!」

物凄い得意気に両親指で自らを指し示すネクロマンサー。ユメコは不思議そうに首を傾げた。

「ユメコはネクロマンサーのお腹から生まれたの？」

「いいや、ユメコは手術台の上で生まれたんだ」

そう言って、彼は机の上に『いろんなまほうつかい』という本を置いた。子供向けの、色々な魔法を紹介する絵本だ。職業紹介絵本の魔法使い版である。その本のネクロマンサーの項目を開いた。

「ネクロマンサーは……したいに、まほうで、いのちをふきこむことが、できます」

ユメコは大きな平仮名を読み上げる。大分とマイルドにデフォルメされているが、死者の軍勢を率いる魔法使いのイラストが描かれていた。

「ユメコの体はね、いろーんなママのお腹から生まれてきた、たっくさんの人間の体を継《つ》ぎ接《は》ぎして造られてるんだよ。ユメコにはママとパパがたくさんいるんだ。肉体的な意味ではね。その体に、俺が魔法で命を吹き込んだ。ユメコの体は死んでるけど、ユメコの命は生きている」

魔法使いは言葉を続ける。

「ユメコは本に書いてあるような生まれ方じゃないけど……、それは悪いことなんかじゃないからね」

普通じゃない、ということを突き付けられるのはあまり快いことではないだろう。

『違う』ということは存外に精神的にくるトゲだ。そう思ってユメコに優しい声音で告げた。伸ばした掌が、血の気のない死者の頬を撫でる。

「俺は独りだけど、パパとママの二人分、ユメコのことが大好きだよ。ユメコは特別なんだからね！　どうかそのことは覚えてて」

「ユメコは特別？」

「うん！」

「そうなんだー。えへへぇ……ネクロマンサー、だっこ！」

「は～い、喜んでー」

少女に乞われるまま、男はユメコを抱き上げる。小さくて体温のない体をぎゅっと抱きしめると、短い腕が力一杯に抱きしめ返し、甘えてくるのだ。男が懸念していた「普通の人間みたいな生まれ方じゃないことへの精神的なストレスを抱くんじゃないか」は、幸いにして杞憂に終わったようである。

「ネクロマンサー、ユメコも赤ちゃん産める？」

創造主に抱きしめられ、その厚い体に耳を寄せ、心臓と血の流れる音を聞きながら、ユメコは彼に問うた。

「うーん……どうしても人工的なプロセスがいるから、『自力で』『自然に』って意味なら答えはNOかな。その本みたいなやり方じゃないヤツなら、どうにかYES」

「へぇ～」

ユメコの言葉は、別に子供が欲しいから言ったというよりは、単純に気になったから聞いてきただけのようだ。だがユメコにはまだ気になることがあるらしい。

「ネクロマンサーも、ママとパパから生まれたの？」

「まあね」

「どんな感じ？」

「どうって言われると……ん～、フツーって言ってもユメコには基準が分からんよな。まあでも、いいもんだよ。ネクロマンサー目指すって高校ン時に言ったら反対されなかったし、大学行くのにいっぱい援助してもらったし」

ユメコはまだ幼い。両親の愛が絶対的なものではない事例――虐待や育児放棄などがその例――もあることは、今はあえて教えなくてもいいだろう。そう思いつつも、男は自らの幼少期においては恵まれていたと認識する。

「ま、みんな死んじゃったんだけどね！」

あっけらかんとネクロマンサーは言った。自虐でもなければ嘲笑《ちょうしょう》でもない物言いだった。事実をそのまま、平然と口にした風だった。

ユメコは顔を上げて、至近距離で彼の顔を見つめる。そのまま数秒程あけてから、少女はおもむろにこう言った。

「寂しい？」

「それは、俺のパパとママが死んじゃったことについて？」

「うん」

「別に」

即答だった。やはりあっけらかんとしていた。「でも」と彼は続ける。

「この『別に』は、両親が嫌いだからとかドウデモイイって意味じゃない。これは俺の友達や仕事仲間だった皆についても同じね。皆が大事で大好きだからこそ、俺は彼らの死に対して一線引かなきゃならんのよ」

机の上には、マイルドな表現のネクロマンサーの絵が静止している。後ろにたくさんのゾンビを引き連れたまま。

「寂しいから生き返らせる。死んで欲しくないからゾンビに改造する。それだけは、俺達ネクロマンサーは絶対にやっちゃダメなのよ。どんな生物の命も死も、自然として『そうあれかし』と、リスペクトしつつもドライを貫かねばならんのだ。これを俺達の専門用語で『秩序に委ねよ』と言う」

「チツジョニユダネヨ」

「ずーっと昔からある自然のルール――生まれてくること、死んでいくこと、それをむやみやたらに乱しちゃダメですよ、ってことね。そのルールに触る魔法だからこそ、秩序に自分を委ねましょうってこと」

「ほえー。なんだかすごいね！」

「だろ？　ネクロマンサーの素質はね、良くも悪くも命に対してドライでいれるかどうかなんだ。一つの生死にいちいちメンタルぐるぐるしてたら、精神がもたないし、魔法で事故る原因になる」

「すごいね……！」

ユメコにはちょっと難しい話だが、少女は魔法の話を聞くのが大好きだ。ネクロマンサーの話は、とてもとても興味深い。

そんな風にキラキラしているユメコの眼差しを浴びているネクロマンサーだが、ふっと肩を竦めた。

「まあ……おかげでネクロマンサーっていうのは、薄情者集団って言われちゃうんだけどね。恋人にしたくない魔法使い堂々のナンバーワンだ！　結婚できない魔法使いだ！　非モテ集団だ！　『だってネクロマンサーってネクロフィリアなんでしょ』ってめっちゃ偏見の目なんだな！　つら！」

怒涛の嘆きである。ユメコは目をパチクリさせた。

「なんだかよくわかんないけど、ネクロマンサーはユメコが死んでも、寂しくない？」

「……」

珍しく彼は黙り込んだ。どこか遠くの方を見ている。

「ネクロマンサー？　どうしたの？」

「ああ、いや」

稀に友人知人から聞かれたものだ。「じゃあ、私が死んでも寂しくないの？」と。そんなことを思い出しながら、ネクロマンサーはへらりと笑った。

――「うん、寂しくない」。それがいつも彼が口にしていた返答だった。あまり過去を思い出さないタチだけに、そう答えていた時のことが、とてつもなく昔の出来事に感じる。そして大体そう答えれば、「あ、そっかぁ」という微妙な愛想笑いが返ってきたものだ。

ネクロマンサーとて理解している。空気を読んで「君がいなくなったら寂しいよ！」と言うべきことが本来は正解なのだと。けれど『ネクロマンサー』という魔法使いとして、自分の魔法への真摯さから、それだけは偽れなかったのだ。

――たとえ最愛の者の死であろうが、全く知らない人間の死であろうが、平等に「一つの死である」と扱わねばならないのが、彼ら『ネクロマンサー』であるがゆえに。

でも、と思うのだ。

たまには『嘘』を吐いてもいいじゃないか。

だから男は、こう答えた。

「うん、ユメコが死んだら寂しいよ」

大丈夫、俺は天才だから何度でも作り直せるし、自我も肉体も元通りにしてあげるし。そう心の中で付け加えて――男は内心で苦笑を深めるのだ。そんな風に思う辺り、きっと「ユメコが死んだら寂しい」のだと。

「そうなんだぁ」

ユメコは大きな目をパチクリさせて、それから――ぱぁっと眩《まばゆ》く笑うのだ。

「大丈夫だよ！　ユメコはゾンビだもん、もう死んでるから！　もう死んでるから死なないもんね！　だから寂しくならなくてよかったね、ネクロマンサー！」

「も〜〜」

――そんなことを言われると、いつかくる別れがもっと辛くなる。

「ユメコてんさ〜〜い！　俺ね〜寂しくないよ〜。毎日ハッピーだよォ〜！」

ネクロマンサーは思いっきりユメコを抱きしめ、全力で頬擦りをした。血は通っていないけれど、ユメコは本当に優しいなぁと少女の頭をナデナデしまくる。マッシブなスキンシップに、ユメコはきゃっきゃと楽しそうにした。

「ねえユメコ！　もうすぐ誕生日だね」

体を離し、高い高いの状態に持ち上げ、男はユメコを見上げる。

「ユメコ、俺はきっと、悲しくても苦しくても涙なんか出ないようなちょっと変な人間だと思う。でもな、ユメコと出会えたことは涙が出るぐらい嬉しいんだよ。だから今回の誕生日も、盛大にお祝いしような！」

「うんっ！　やったー！」

終わった世界、電気も止まった建物の中、死んだ少女はあまりにも生き生きと表情を花開かせるのだ。

だが。

「あっ。ネクロマンサー、図書館ではお静かにだから黙ってて」

「はい」

無情。

●

その日は手を繋いで帰った。

傾きつつある太陽が、繋がった大きな影と小さな影をアスファルトに映している。

カーブミラーが通り過ぎる二人を眺めている。

「それでね、それでね――」

ユメコが楽しそうに話しているのは、あのあと読んだ児童書のことだ。ネクロマンサーはそれに「うんうん」と柔らかく相槌を打っている。ユメコは読書は好きなようだ。といっても、絵本や、ほぼ絵本な児童書がメインだが。絵がいっぱい載っていて楽しい理由で図鑑も好きらしい。満喫してくれてよかった、とネクロマンサーはホッコリしている。ちなみに彼が背負うリュックの中には、何冊か借りてきた本がある。

「ユメコ、今日はなに食べたい？」

会話が途切れた頃に問うた。ユメコは「んー」と考えた後、手を繋いだ男の顔を元気よく見上げる。

「ラーメン！」

「ラーメンね、オッケーオッケー。ああいうインスタントって時々ムショーに食べたくなるよね……」

「ラーメン、ラーメン！」

「お家帰って、洗濯物と布団を取り込んだらラーメン作りだ！」

「はい！」

というわけで家に着いた二人は、手洗いうがいをして、洗濯物と布団を取り込んで、取り込んだものを畳んで仕舞った。

「ユメコ、何ラーメンがいい？」

エプロンを着けたネクロマンサーが、同じくエプロン姿のユメコに問う。窓の外は夕焼けが進み、黄昏時を終え、夜が始まっていた。

「んー……、塩」

ユメコは差し出されて並べられた袋ラーメンを神妙な顔でしばらく眺めた後、塩ラーメンを指差した。「オッケー」と大きな手がそれを取る。ちなみに彼の分は醤油ラーメンだ。

「ユメコ、お湯の用意しといて」

「はーい」

少女にお手伝いの指示を出しつつ、ネクロマンサーは冷蔵庫からキャベツ、玉ねぎ、にんじん、しめじを取り出す。それから薄切りの豚肉。それらを手頃なサイズに適当にざく切りしていく。そしてサラダ油を敷いたフライパンへ投入——ラーメンの上に載せる用の野菜炒めを作るのだ。木べらで適当に炒める。味付けはラーメンのスープを邪魔しないように特にしない。キャベツの葉っぱの方としめじは後から入れるのがジャスティス。そうすることでキャベツの葉っぱの方はシャキシャキの歯ごたえになるし、しめじの風味は飛んでいかない。

「ネクロマンサー！　アイアンシェフして！　アイアンシェフ！」

「おっしゃ任せろー」

ユメコに乞われるまま、フライパンを揺すって具材を宙に舞わせるネクロマンサー。チャーハンを作る時にもやったやつだ。ところで今更ながら、この動作の正式名称は二人とも知らない。

「かっこいい！　アイアンシェフかっこいい！」

「うおおおおおアイアンシェフううう」

……さて、アイアンシェフの果てに完成した野菜炒めは、その間にできあがってラーメン鉢に移したばかりのラーメンの上へ。かくして野菜たっぷりインスタントラーメンの完成だ。野菜と豚肉のまろやかな甘みが、インスタントを良い感じにリッチにしてくれる。本当は餡《あん》をかければもっとお店ナイズできるのだが、ネクロマンサーが餡を作るのを面倒臭がった。

「いただきまーす」

声を揃えて、お箸を持って、二人は第一晩ご飯を食べ始める。

「おいしーい！」

ユメコはおいしそうにラーメンをすすり、野菜をポリポリと頬張る。野菜炒めの火加減は絶妙で、野菜の歯応えを失わないままキチンと火が通っている。豚肉の甘い脂が染み出して、野菜のうまみと絡んで、しょっぱいスープの味とベストマッチだ。

なお、ユメコのお箸の持ち方は完璧である。ユメコの食事の行儀は良い。食事関連に関してはネクロマンサーがしっかりとしつけたからだ。いつも食事を作る時は手伝わせ、料理を作ることは手間がかかることであると教え、もしも手間のかかった料理を行儀悪く食べられたり残されたりしたらどんな思いか——それを同時にユメコに問いかけ、教え込んだのだ。行儀よくキチンと食べることが、食べる側にできる感謝と誠意なのだ、と。

「おいしいねー」

彼はユメコがおいしそうにご飯を食べる姿が好きだ。ユメコはいい子だ——自慢の子だ、と心から思っている。無垢で健気で、そして優しい。

——人間として生きるにあたって、どうしても触れてしまう人というモノの闇や毒の部分を知らないからだろうか……なんて、男は考える。非常識な存在、下品な情報、凄惨《せいさん》な事件、コミュニティという毒、不幸自慢にマウント合戦、そういったものは——もう地球上には存在しない。

(だとしたら、皮肉なモンだ)

良い感じに冷めて食べやすい温度になってきた醤油ラーメンを、陰で隠れた口でズズズとすすりながら物思う。人類が滅んだからこそ、純粋な自我がすくすくのびのび育つなんて。何とはなしに男は窓の外を見た。カーテンは開けっ放しだ。もう夜だ。

結界の外は、きっと『成れの果て』がウロウロとしていることだろう。

「ネクロマンサー、どうしたの？」

「ん？　いいや。夜だなーって」

「そっかー」

お腹いっぱいになったユメコはのほほんとした物言いでそう言った。「ごちそうさまでした」の声が、スープも飲み干した空のラーメン鉢に響く。

「じゃあユメコ、お皿洗いしたら俺はしばらく工房にこもってるよ。明日の準備があるからね」

明日の準備、とはユメコの誕生日のことである。ちなみに二人の間では、「明日」とは零時を過ぎることではなく、寝て起きた次の活動時間のことを示す。夜型人間なので便宜的にそうなっている。

「お外に出てもいいけど、結界の近くには近付くなよー。なるべくお家のそばにいときな。あと、工房でちょっと細かい作業してるから、中には入らないようにね。何かあったら声かけてー」

「了解！」

そう答えたユメコは、皿洗いを終えた後、工房に向かうネクロマンサーを工房入り口までお見送りしてくれた。「いってらっしゃーい」と手を振るので、彼も「いってきまーす」と手を振って、工房の扉を閉めた。

●

時間が過ぎて、沈んだ太陽がまた昇って、二人にとっての『明日』が来る。明日は今日へと変貌する。

そして、『今日』は記念すべきユメコの誕生日であった。

ガチャリとドアの開く音——それはネクロマンサーが、ユメコのために工房の扉を開いた音。

「さあどうぞ」

レディをエスコートするように恭《うやうや》しくそう言えば、「おじゃまします！」とユメコは魔法使いの工房に立ち入った。

あまり入れない場所だ。前に杖を見せてもらった時以来だ。ユメコは好奇心のままに周囲を見渡す——資料が積まれた作業台の上には円柱状の小さなガラスケースがあって、その底には枯れた青い薔薇の花弁が散らばっていた。

この青い薔薇は、ユメコの誕生日という一年の周期を示す時計のようなものだ。ネクロマンサーが魔法で作ったもので、一年かけて散っていく。最後の花びらが落ちた時、それは一年が経過したことを示しており、ユメコが一つ歳を取ったことを示す。ちなみに明確に日数をカウントするアイテムではないため、日々のカレンダー代わりにはならない。あくまでも一年をカウントする砂時計のようなものだ。

「ユメコ、ここ座って」

手術台の傍ら、一人がけのゴシックな椅子を掌で示し、ネクロマンサーが言う。ユメコは「はーい」と素直に指示に従う。

「えへへ……ドキドキする！　心臓、動いてないけど！」

ユメコは昨日の寝る前から浮わついた様子だった。「寝て起きたら、誕生日！」と布団の上で終始テンション高くころころしていたものだから、ネクロマンサーは必殺『抱きしめてゆっくりナデナデ』を発動してどうにか寝かしつけたものである。

「そうだな、楽しみだなぁ」

ネクロマンサーもフフッと楽しそうに含み笑い、ユメコの正面にしゃがんでその顔を覗いた。

「じゃあユメコ、魔法かけるよ。いい？」

「うん！」

「オッケー。それでは目を閉じて下さい」

「閉じた！」

「いくぞー……さん、に、いち——」

パチ、とネクロマンサーは指を鳴らした。

途端、ユメコの首がかくりと垂れる。魔法によって一時的に、ゾンビではなくただの死体に戻ったのだ。けれど、一見すればただ眠っているだけのように見える。白く、滑らかで、金の髪はつやつやしていて、人形のように美しい死体である。

ネクロマンサーは彼女に手を伸ばした。髪のリボンをしゅるりとほどく。衣服を丁寧に取り払って、抱き上げた素体を手術台の上に横たわらせる。

傍には数多の魔術的道具と、素材達。魔法使いは銀色に光るメスを手に取った。

——それは一年周期で行われる、肉体のメンテナンスを兼ねたユメコの加齢処理である。

これでかれこれ七回目ぐらいだろうか。ユメコの心は成長するが、肉体については死んでいるので成長しない。脳についても然《しか》りで、物理的に発達しない。ゆえに人工的に手を加えて、一年に一度だけネクロマンサーはユメコを成長させるのだ。

少し身長を伸ばす。臓器を成長させる。髪も前よりも少し長いものに植え替える。たくさんの人間の欠片から選りすぐったもの、あるいは培養・複製したものを素材にする。魔法の糸で縫合する。ツギハギの痕は微塵《みじん》も残さない。ユメコの体には一つも傷痕も縫合痕も見られない。それは熟練の、慣れきった手つきだった。

工房の中は、わずかな音が響くだけで――静かだ。世界のどこもかしこも静かだった。

ネクロマンサーはたまに思うのだ。

ユメコは彼が作ったゾンビ。彼が自分のために作った理想の少女。ゆえにこそ、ユメコはネクロマンサーにとって希望溢れる言動をしてくれるが――しょせんそれは仕組まれた帰結ではないか、と。自分で組み上げたプログラムと会話モドキをしているだけではないか、まるで子供が人形相手に会話をするかのように。

この世界に人間はネクロマンサー一人だけ。これは『人形《ゾンビ》』を使った一人遊び。高度な自問自答。あまりに哀れな自慰行為。

つまるところ、死ぬまで終わらぬ独り旅にすぎないのではないか――？

「不思議なもんだなぁ」

作業の手は休めずに、魔法使いは呟いた。

「誰かが死ぬのは悲しくないし寂しくないはずなのに、なんにもなくて、やることも目的もなくなって、カラッポになり続けると、なかなかどうして、ガランドウに負けそうになる」

あまりに静かで、誰もいない。彼は独りでに会話を続けていく。

「そうだろ、ユメコ。なあ、起きたらケーキを作ろうな。でっかいケーキだ。甘すぎるとすぐ飽きちまうから、砂糖控えめで作ろうな。そんでもって部屋を飾って、音楽を流して、踊り明かして……今日はお前の幸せな誕生日だ、世界で一番幸せな日だよ、いっぱいいっぱい祝おうな……俺の大事な、大切なユメコ」

脳にジワジワ、染みのようにできた虚無を、「それでも俺は」と拒絶する。虚無に負けて受け入れてしまえば壊れてしまうから。壊れてしまえば、もう自分が自分でいられなくなるから。

――ああ、何もないほど独りは辛いものだな。こんな歳になっても、どれほど魔法を極めても。

だからこそ、こんな世界で夢見ることを試みる。夢見る男のための子供、だから夢《ユメ》子《コ》。

夢で虚無を拒絶する。男は夢を見る。そうだ、ユメコの心はユメコだけのもの。確かに教育して導いているのは彼ではあるが、それを受け取り道を選ぶのはユメコなのだ。そう信じる。そんな希望を胸に抱く。

だからネクロマンサーは独りじゃない。これは世界に独りきりになって頭が壊れてしまった男の、可哀想なお話なんかじゃない。寂しさと辛さを自覚した上で、「それでも生きよう」と足掻《あが》いていく、夢と希望の物語。

「お前の命を祝おう、ユメコ」

死を扱う魔法使いなれど。ネクロマンサーは心からの祝福を込めて、術式を施し終えたユメコの額へ、優しく優しく口付けた——それは少女の体に再び『命』を吹き込む魔法である。

「——……」

するとゆっくりと開く……。少しだけ大人になった少女のアクアマリン色の瞳が、ゆっくりと開く……。

一歳分の歳を取ったユメコが目にしたのは、彼女を覗き込む親愛なるネクロマンサーの姿だった。

「ユメコ、お誕生日おめでとう！」

顔は見えない。だけど彼は、確かに笑っていた。だからユメコもまた笑顔を浮かべ、ちょっとだけ長くなった両腕で、めいっぱいに大きな体を抱きしめるのだ。

「おはよう！　起きた！　誕生日！」

「よーしよーし異常に不具合はないっぽいな。さっ、服着てキッチン行くぞー。ケーキ作るぞー」

「作るー！」

ケーキを作ろう。だがケーキはケーキでもパウンドケーキである。それはなぜかというと、「作るのが楽」だからである。

バター、卵、砂糖、薄力粉、これらを同量使って作るのだが、ネクロマンサーのレシピは砂糖を少なくして作る。「甘すぎるとしんどいし、すぐ飽きちゃう」からだ。

材料はユメコの加齢処理の前に冷蔵庫から出して、室温に戻しておいた。柔らかくなったバターを、ユメコがハンドミキサーで練っている。ユメコはハンドミキサーを使ったり、泡立て器を使ったりする工程の作業がメチャクチャ好きだ。

ネクロマンサーはその様子を見守っている。ユメコは真剣な顔で――言葉も発しないほど集中した様子で――ハンドミキサーを扱っている。魔法使いから言われた「スイッチ入れてる時に持ち上げて材料から離すと飛び散るからね」という言いつけはしっかり守っている。

(動作不良なし、と)

この加齢処理の後にケーキを作ることは恒例である。それはユメコの動作確認を兼ねていた。料理という作業は手も使うし頭も使う、ちょうどいい確認作業だった。

「砂糖いれまーす」

今回の加齢処理も無事に終わったようだ。そのことに安堵しつつ、ユメコが混ぜるペースト状になったバターに砂糖を入れる。ちょっとずつ入れて、ちょっとずつ混ぜていくのがコツだ。面倒臭さに負けて一気に入れると失敗する。

砂糖を混ぜ終わったら溶き卵をこれまたちょっとずつ入れる。液状のものが入ることで、ハンドミキサーの音が一段階なめらかになった。

「おいしそう……」

「お菓子の生地って妙な魅力あるよね……焼く前のホットケーキミックスとか。よしユメコ、ハンドミキサー終わり！」

「はい！」

ハンドミキサーの音に負けない声量。ネクロマンサーにそう言われ、ユメコはハンドミキサーのスイッチを切った。

「べんりだね、ハンドミキサー」

「人力の泡立て器でやるってなったら半端なく時間かかるよこれ。電気使えてよかったー」

ネクロマンサーが言う。滅んでしまったこの世界、電気が使えるのはこの『ゆめことねくろまんさーのいえ』だけだろう。やりとりをしながら、ネクロマンサーはユメコに「ここ押して」とハンドミキサーを操作させ、泡立て器部分を本体から分離させた。

「よしユメコ、生地ペロペロしていいぞ！」

「やったーー！」

この焼く前の甘い生地、正直おいしい。ネクロマンサーから渡された泡立て器パーツを両手に、ユメコはそこについたクリーム色の生地を舐める。

「おいしい？」

「おいしい！」

「そっかー」

ネクロマンサーはニッコリしつつ、生地に薄力粉とベーキングパウダーを入れてゴムベラでさくさくと混ぜていく。小さなユメコが混ぜているときはボウルが大きく見えたが、大柄な彼が作業するとボウルが途端に小さく見えた。

「ユメコ、舐め終わったらそれ洗っといてー」

「はーい」

生地のコツは混ぜすぎ・練りすぎにならないこと。「こんなもんかな」と生地を混ぜ終わると、型紙を敷いておいたパウンドケーキ型に生地をとろりと流し入れて、ゴムベラでならしていく。その頃にはユメコの『泡立て器処理』も終わっていたので、ネクロマンサーは次の行程をユメコに任せた。とはいえ、生地の入った型を台にトントンと軽く打ちつけ、生地の中の空気を抜くだけだが。

「後は焼くだけですな」

「楽しみー」

二人の家の電子レンジはオーブン電子レンジ。予熱しておいたオーブンに、作業台の上のユメコがうきうきした様子で生地を入れた。そしてスイッチをポチリ。これであとは焼き上がりを待つだけとなる。

「さて」

ネクロマンサーは無駄に勢いよくエプロンを脱ぎ捨てると、ユメコへと向いた。

「今から焼き上がるまで部屋の飾りつけＲＴＡ《リアルタイムアタック》だ。できるな、ユメコ？」

「オッケー！」

ユメコもまたバッとエプロンを脱ぎ捨てた。テーブルの上には色紙や造花、オーナメント、風船やらマスキングテープやら窓に貼るジェルシールやらが置いてある。ユメコにとっては自分の誕生日会の飾りつけを自分でやることになるのだが、彼女はネクロマンサーと共にワイワイと飾りつけをするのが好きだった。

●

そうして、オーブンが焼き上がりのアラームを鳴らす頃……。

部屋はすっかり誕生日会のパーティ会場へと様変わりしていた。折り紙の輪で作った飾り、いくつも浮かべられたカラフルな風船、窓ガラスにはユメコが思い思いにちりばめたジェルシール、壁には「HAPPY BIRTHDAY」の文字。オシャレなイルミネーションライトと、ラジカセから流れるポップな音楽が、ご機嫌なムードを演出していた。

オーブンから出したパウンドケーキはきつね色に焼き上がり、いい香りを立ち上らせている。粗熱《あらねつ》を取っている間に部屋の飾りの仕上げをして、生クリームを作って――ココアパウダー入りのチョコ風味だ――それをホイップしたら、たくさんのベリーと銀色に煌くアラザンをこれでもかと贅沢にちりばめてデコレーションだ。

「仕上げは……これッ」

そして、「おたんじょうびおめでとう　ユメコ」と書かれたホワイトチョコレートのプレートをネクロマンサーがスッと立てる。更にロウソクを火を点けていない状態で数本立てた。オシャレなクロスが敷かれたテーブルの上、それはとてもナイスなセンスに見える。料理に飾りつけになんやかんやでちょっと疲れ始めてきていたが、いざ完成品を目前にするとそういうのも吹っ飛ぶものだ。

「よし」

ネクロマンサーは背筋を伸ばした。その傍らにはユメコもキリッとした顔で立っている。

「ユメコ、おめかししてらっしゃい」

「……はいッ」

ユメコがビッと敬礼をして、自分の部屋へと駆けて行った。ネクロマンサーも自室兼工房へ向かう。パーティにはドレスコードというものがあるのだ。

ユメコが自室のドアを開けると、ネクロマンサーが召喚したのだろう死霊が三体、控えていた。ユメコのドレスアップを承《うけたまわ》る使用人ならぬ使用霊達だ。

「よろしくおねがいします！」

ユメコは彼ら（あるいは彼女ら）に身支度を委ねた。そうすれば、使用霊達がたちまち魔法のように――実際ネクロマンサーの魔法による産物なので魔法なのだが――ユメコを『おめかし』していく。

顔にはお化粧。頬にほんのり桜色のチーク、目蓋にキラキラした赤色のアイシャドー。ラメ入りのマスカラで瞬きの度に星が散るような輝きを。ゾンビゆえに血の気のない唇には、赤いグロスで命を添える。

髪は薔薇の香りがするヘアオイルで艶を出し、ねじってまとめ上げ、ふんわりとした夜会巻き。大きな造花の花飾りをそこにあしらう。

服はワインレッドのパーティドレスだ。ドレスは成長する彼女の体に合わせ、毎年新しいものが用意される。ボリュームたっぷりなフィッシュテールのスカートが愛らしい。オフショルダーの開かれた首回りには、華奢なデザインのネックレス。耳にも揺れて煌くイヤリング。アクセサリーはいずれも花をモチーフにしている。

そしていつも家の中は土足厳禁だが、今日に限っては靴解禁である。大きなリボンがあしらわれた、真っ赤なパンプス。こちらも新しいものだ。ヒールが高いと転ぶので短くて太いチャンキーヒールだ。

いかがですか——そう言っているかのように、使用霊が鏡を見せる。鏡の中には華やかな少女が立っている。白い肌に赤色が良く映えている。手足のどこにも手術痕やツギハギはない。一見して彼女がゾンビだなんて、誰も見抜けやしないだろう。

「すごーい！　お姫様みたーい！」

ユメコは上機嫌に、その場でくるんと回ってみせた。ふわふわのスカートが可愛らしく揺れる。使用霊達が頷きながら拍手している。その内の一体が恭しくお辞儀しながらドアを開けてくれた。他の霊達も「行ってらっしゃいませ」と言わんばかりに頭を下げる。

「みんなありがとう！　いってきまーす！」

そしてお姫様は弾むような足取りで、パーティ会場へと向かうのだ。

「おまたせー！」

ユメコが居間への扉を開ければ、そこにはもうネクロマンサーがいた。いつもは白灰色のローブをまとう彼であるが、今日は真っ黒な礼装だ。全体的に軍装めいている。裏地が血のような紅色の外套《がいとう》はフードつきで、やはり彼の顔を闇に隠している。いつもの魔術服も装飾があるけれど、この服のそれは普段の『魔術的な意味合いを持つもの』ではなく、純粋にオシャレのための装飾である。銀色の刺繍と飾緒《しょくしょ》が麗しい。

「あらやだ～～！　ユメコかわいいじゃないの～～」

黙っていれば凛と勇ましい美しさがあるものの、開いた口と動作はなんだか女の子めいていた。ドレスアップしたユメコがあまりに可愛いので、表現方法がハッチャケたのである。

「似合う？　似合う？」

「メチャクチャ似合うじゃん……尊い……エモ……ヤバ……」

スカートをつまんではにかむユメコに、ネクロマンサーは語彙を失い合掌である。

「えへへ」とユメコは嬉しさのままに彼へむぎゅっと抱き着いた。ファンデーションがついちゃうので、顔は離しておく。至近距離だと彼から甘い香りがした、だが死床花のそれではない。

「いいにおーい」

「ジャコウだよー。オシャレにいうとムスクだっけ。ユメコもいいにおいするね」

髪を撫でるとせっかくのヘアアレンジが崩れてしまうので、ネクロマンサーはユメコの背中を優しく撫でた。

「そう！　いいにおいするオイルね！　髪につけてもらった！」

「いいねぇ、お姫様みたいじゃん」

「ふふー」

ユメコが首を動かして魔法使いを見上げれば、その小さな冷たい耳を飾るイヤリングが揺れて、天井に伝うイルミネーションの光に瞬くのだ。部屋のいつもの照明は消され、今はいくつもの小さなライトがムーディに部屋を照らしている。

ネクロマンサーは穏やかに微笑むと、その背をポンとたたいた。

「さて！　ケーキ食べよ、ケーキ。座って座って」

「はーい！」

ネクロマンサーが椅子を引く。ユメコがそこに座る。そしてその向かいに男が座る。

「それじゃあいくよー」

ニコニコしながらネクロマンサーが指を鳴らした――そうすればロウソクにポッと火が灯る。同時に死霊達がその魔法で作り出され、魔法使いと共に盛大に歌い始めるのだ。ハッピーバースデートゥーユー、とユメコの誕生を祝う歌。死を扱う者による命の賛歌はある種のアンバランスがあるが、それでも歌い終えれば拍手喝采《かっさい》。嬉しそうに笑うユメコ。

「さあどうぞ！」

両手を広げて、ネクロマンサーはロウソクを示す。頷いたユメコはめいっぱい空気を吸い込んで――ふ、と火を吹き消した。

「ユメコ、お誕生日おめでとう――生まれてきてくれてありがとう」

男は陰の中で幸せそうに目を細めた。

「ユメコと会えて、ユメコと毎日を過ごせて、俺は幸せだよ。全部全部、ユメコのおかげだ」

命を祝う、存在を愛する、その言葉。それはユメコの心を満たし、胸がじんわりするような幸福感を連れてくる。だから自然と少女の顔《かんばせ》には花のような笑みが浮かぶのだ。

「えへへ……どういたしまして、ネクロマンサー！　ネクロマンサーもありがとね、ユメコいっつも楽しいよ！」

「よかったよかった！　さー乾杯だー！　乾杯しよう！　乾杯乾杯！」

魔法使いがボトルを取り出す。ノンアルコールの……まあただの見た目がオシャレなブドウジュースだ。細長いグラスに注いでいく。「乾杯」と、グラスが合わさるチンッという音がした。

それから大きなパウンドケーキを切り分けていく。お皿に移した惣菜のサラダと、骨付きラムステーキもそこにある。それらを思い思いに頬張れば、ユメコは幸せというものを温かく感じた。誕生日のディナーは特別である。どれもこれも、ユメコの命を祝うためにあるからだ。

「ねえ、ネクロマンサー」

グラスを空にすれば、すぐにネクロマンサーが注いでくれる。そんな彼を見ながら、ユメコは言葉を投げかける。

「ネクロマンサーは、どうしてユメコを作ったの？」

「ここでクイズ！　ジャジャン！　なぜ俺はユメコを作ったのでしょーか！」

ボトルを置きながら男が元気よく言った。ユメコは「んー……」とカットされたイチゴを頬張りつつ考える。

「……楽しいから！」

「正解！　ユメコ天才！」

ネクロマンサーが拍手をする。

「世界が滅んでからね、俺はやることがなんにもなくなっちゃったワケ。で、なんか楽しいことないかなーって思って……そうだ！　知能が成長するタイプのゾンビを作ろう！　きっと楽しいぞ！　ってな！」

甘いケーキの合間、塩コショウで味付けされたラムステーキを切り分けつつ――彼の言葉は嘘ではない。

――何もない空っぽの世界。役割も意味も意義も居場所もなくなった世界。

長らく、他にも同じ境遇の者がいないか探し回ったものだ。どれぐらい探しただろうか、時間なんて計っていなかった。

結局、どこにも誰もいなかった。何もなかった。何もなかった。何もなかった。それを一日また一日と理解していく度、どうしようもなく心が軋《きし》んで渇いていくのを感じた。

気付けば独り言ばかりが増えていた。そして気付いた。「あ、やばい、このままだと発狂して死ぬ」。

だから作った。継いで接いで肉体を作って、魔法でまっさらな命を吹き込んだ。もう衝動的だった。突発的だった。小さな心臓が動きやしない死んだ赤ん坊が腕の中にいて――産声を上げていた。

思い知った。孤独にさいなまれた人間は、こんなことまでやってしまうのかと。孤独という毒がどれほど恐ろしいのかと。そうして、茫然と女の子を見下ろしていた。

完全に自分のエゴで作ってしまった存在。生きてはいない死んだ肉。自分が夢見るために作った人工物。お孤独な男が「癒してくれ、満たしてくれ、意義と目的と居場所をくれ」と欲求をぶつける矛先。なんたる浅はかさか、男は自己嫌悪に顔をしかめたくなった。

だけど――

だとしても――

「俺はお前の命を祝うよ」

こんな世界で、それでも、それでも。

死んだ体で精一杯に泣いている小さな存在を抱いていると。どうしようもなく誰かを求める幼い声を聞いていると。生きようとしている力を感じていると。生きていこうと思えたのだ。その時に、確かに。

――なんて、古い回想である。

「ユメコは俺の自慢のゾンビだよ。今までいろんなゾンビ作ってきたけど、ユメコが一番。俺の最高傑作だ」

おかげさまで毎日が楽しい。そんな感謝と愛を込めて、ネクロマンサーは目の前の美しい少女に告げた。

「サイコウケッサク」

その響きは特別で、ユメコはなんだか得意気な気持ちになる。だからその喜びを伝えたくて、少女は身を乗り出しては声を弾ませた。

「ネクロマンサーも、ユメコの一番だよ！」

「ありがとう！　嬉しいよ」

「どういたしましてっ！」

「これからもよろしくな、ユメコ」

「こちらこそー！　いつもおせわになっております」

ユメコが頭を下げる。ネクロマンサーも「どうもどうも」とそれにならった。

「あ、そうそう」

頭を上げたところで男がポンと手を打った。「ちょっと待ってて」と席を立ち、がさごそ――何やら取り出したのは、リボンでラッピングされた小さな箱だ。

「誕生日プレゼント。開けてごらん」

「……！　いいの⁉」

「いいよぉ。ほらほら」

ネクロマンサーから差し出された箱を受け取って、目を真ん丸にしたユメコはドキドキしながらそれを開封していく――そうして箱を開けば、そこには。

「……杖だーーー‼」

硝子細工のような、透き通る短い杖だ。それは一輪の薔薇を模した造形で、先端は薔薇の形になっていた。その花弁もまた硝子状なのだが、ほんのりとアクアマリン色──ユメコの瞳と同じ色に色づいていた。

「きれーーい！　すごーーい！」

滑らかに手になじむ。ユメコは間近で花の杖を覗き込む。きらきらしていて、とても綺麗だ。

「魔力と月の光をたっぷり浴びた死者の塵をね、精製して硝子状にしたのよ。かつ、お前の体でも使いやすいように色々調整をね。硝子状だけど見た目以上に頑丈だから安心してね。……ユメコの魔力は俺の魔力と一緒だから、俺に馴染むからお前にも馴染むと思うんだが、どう？　触ってみて変な感じしない？」

「しっくりくる！　不思議！　初めて見たのに、ずっと使ってるみたいな感じ！」

「おっ、よかったよかった。ちなみにね、青い薔薇の花言葉は──『夢叶う』っていうんだ」

「ゆめ……」

少女は硝子でできた青い薔薇から、魔法使いの顔を見上げた。表情は見えないけれど、微笑んでいるのが分かった。

「明日からちょっとずつ、魔法のお勉強もしていこうな。その杖使ってさ」

「……する！」

ユメコは目を輝かせた。魔法、憧れの魔法！　それは何よりの誕生日プレゼントだった。

「ユメコ、ネクロマンサーになる！　なりたい！」

「マジで？　目指しちゃう？　死霊術、極めちゃう？」

「うん！　だってネクロマンサー、かっこいいしすっごいから！　ユメコもおんなじ魔法使いたいの！」

「も～嬉しいこと言ってくれるじゃないの。いいよ。でもその前に、まずは基礎的な魔法からね」

「はーい！　楽しみ！」

「さてそれじゃあ、まずはご飯を食べきってしまいましょうか」

「はいっ！」

楽しい夜はこれからだ。二人はにこにこしながらまた席に着く。

魔法の杖が嬉しいユメコは、その青い薔薇の杖をずっと膝の上に載せていた。

●

さて、食事も一段落すれば。

やおらネクロマンサーが立ち上がる。窓を開け、ユメコの方へと振り返る。

「おいで、ユメコ」

夜風に外套を翻らせながら、少女へ手を差し出した。ユメコは素直に立ち上がり、その大きな手を取るのだ。外へと手を引かれるままに。

夜は綺麗な半月だ。星々があまりにも多く輝いている。宙に浮かぶ骨の階段が、二人を屋上へと連れていく。ついて来るのは死霊達だ。ラジカセとミラーボールを持っている。屋上は主に家庭菜園スペースでプランターが並んでいる。魔法によってプランターごとにビニールハウスのように温度管理されており、パウンドケーキに載っていたベリーと、ラム肉にまぶされていたハーブは、ここで採取したものだった。

夜の世界は静かすぎる。真っ暗闇がどこまでも続いていて、結界の外ではアンデッド達が蠢く気配があった。

滅んだ世界、死者のみが跋扈《ばっこ》する終焉後の地球――そんな中で。

「ミュージックスタートォ！」

ネクロマンサーは高らかに告げ、天高く掲げた手で指を鳴らすのだ。

そうすれば使役死霊がラジカセのスイッチを押して、大音量でノリノリのディスコミュージックを流し始める。二人の上に浮遊して移動したもう一体がミラーボールのスイッチを入れ、カラフルな光を放ち始める。

「今夜は踊り明かすぞユメコォ！　フィーバーッ！」

「オッケーフィーバァアーーーッ‼」

そう、毎年恒例行事なのである！

アッパーなミュージックに身を任せ、二人はパッションのままにグルーヴし始める。四肢に命のエネルギーを漲《みなぎ》らせ、手を振り上げ、ステップを踏み、跳び、くるりと回り、時には手を繋いで共に、この刹那《せつな》を余すことなく謳歌するのだ。

二人の家の周りには、ネクロマンサーが召喚した大量のゾンビ。彼らは死した手を掲げ、飛び跳ね、ディスコクラブさながらに踊り回る。今ここは膨大な死者とたった一人の生者によって、熱狂的なダンスフロアと化していた。

月の光と至るところのミラーボール、死んだ掌による幾重もの手拍子。次の日の疲労なんて知る由《よし》もない。今この瞬間こそが命盛り。今夜は世界の中で一番特別な日で、つまりスペシャルなフィーバーナイトなのだった。

命を祝おう！

第五話　うみあそびしよう

「んんんん……んんんんん……」

硝子細工の薔薇のような魔法の杖。ユメコはそれを手に、道路の真ん中に座り込んで、アスファルトの上のティッシュ一枚を険しい顔で凝視していた。

お天気はさんさんと快晴。ユメコの華奢な背中とワンピースを照らしている。少女の影の下、杖を向けられた薄い紙きれは――微動だにしない。

「んんんンぬぬぬぬぬぬぬぬ」

唸れど力めどティッシュは不動。

「ンぬあーーー!! だめだーーー!!」

ユメコは両手を挙げて天を仰いだ。

「がんばれがんばれ」

彼女を応援するのは、すぐ傍の空き地にいるネクロマンサーだ。彼はいつもの魔術師の服を着たまま、その魔法で作り出したゾンビと実戦に近い組手を行っている。相手どるゾンビは彼より一回りも大きなパワータイプだ。様々な素材を寄せ集めてツギハギして魔法で改造した生体兵器である。それは決して鈍重《どんじゅう》ではなく、むしろものすごく機敏である。

魔法使いはインドアなイメージを持たれやすいが、彼はバリバリのアウトドア人間である。もともとフィールドワークが好きなのと、元警察なので現場を駆けまわっていたのと、まあ警察になるにあたって一通りの白兵訓練は受けているのと。それからこの安全とは言い切れない世界で戦闘技術が鈍るのは死に直結する。

そういうベースがあるから、彼は暇な時はよくこうやってゾンビ相手に組手をして体を鍛えているのだ。この実戦型トレーニングこそが彼の隆々とした体躯の秘訣なのである。

「がアッ」

ゾンビが巨腕を横に薙《な》ぐ。ネクロマンサーは屈んでやり過ごしながら、その足元を両腕ですくい上げるようにタックルを食らわせる。

「ふんッ」

そのまま押し倒したゾンビの顔面を魔力補強した拳で一撃。インパクトの瞬間に魔法の力が爆ぜ、ゾンビの頭部は木っ端に粉砕される。

「よーし、もう一度だ」

ネクロマンサーは「よいしょ」と立ち上がると、死を使役するその魔法でするするとゾンビを修復した。そうすれば立ち上がった巨躯《きょく》は再び、グッとファイティングポーズを取るのである。

何度か猛烈な肉弾戦のコンタクト――その果て、ゾンビの一撃を食らって、殴り飛ばされた男の体が地面に転がった。即座に何事もなかったかのように立ち上がった。傍らに控えていたゾンビの胴体がひしゃげる。受けたダメージを使役するゾンビに肩代わりさせる、彼らにとっては基本的な死霊術《ネクロマンシー》である。ひしゃげたゾンビはたちまちに修復されていく。自己再生機能に特化させた個体なのだ。

ネクロマンサーの魔法は、見方によれば死者への冒涜である。だからこそ、国や地域によっては『ネクロマンサーである』というだけで重罪であった。ある種、彼らは死者への共感性という倫理観が欠如したサイコパスであるのかもしれない。

彼らの魔法をサイコパスの邪術と見るか、古代より連綿と受け継がれてきたれっきとした伝統と見るか――尤も、それを判断する『世間』というものはここにはない。

「ユメコ、魔法はイメージが大事だ！　魔法とは神秘であり幻想なのだ！」

トレーニングの合間、ネクロマンサーが言う。

「杖を介して、世界に漂う魔力の流れを感じ取るんだ……それを束ねる感じで、ティッシュをふわっと！」

「イメージ……ふわっと……ぬんぬんぬん……」

様々な魔法を即座に使いこなすネクロマンサーに対し、ユメコはまだ基礎の基礎の基礎の段階だ。まずは魔力を感じることからである。

「いいか、この世界には魔素脈《マナライン》っていう、人間でいう血管みたいな……惑星全体を巡る魔術的エネルギーの流れがあるんだ。杖をアンテナと思って、イメージイメージ――」

「いめーじいめーじ……」

ユメコは杖を握り直し、再び黒いアスファルトの上のティッシュペーパーと相対した。冷たい脳味噌でうんうん唸ってがんばる。魔法が使えるようになりたい、と普段からねだりつづけていたのはユメコなのだ、当人にもその自覚がある。

そして、その果てに。

「ぬ、ぬ、ぬッ……！」

もそり……とだけ、ティッシュが動いた！

「うっ、ごい、た⁉　動いた！　動いたーーー‼」

「お、マジで？　やったじゃん」

「見てて見ててッ！　……あ、また動かなくなったー⁉」

「ははは。まあいきなり魔法を使いこなせる人なんて滅多にいないからさ、こういうのは積み重ね積み重ね。まあ気長にね。動いただけでもたいしたもんだよ」

だんだんコツを掴めるようになるさ、と暗がりの中の顔をタオルで拭っているネクロマンサーが言った。トレーニングはひと段落したらしい。

「……ほんとに魔法つかえるようになる？」

杖でティッシュをつんつんしながらユメコが言う。「もちろん」と彼は頷いた。

「芸術よりも輪をかけて才能に左右されがちな分野ではあるけど……努力すればキチンとできることが増えていくからさ」

「んんん……」

「俺みたいな魔法使いになりたいんだろ〜？」

「うん……」

「うむうむ。やっぱねえ、魔法使えるといろいろ便利だし、世界も広がるし。でも——ちょっと休憩しよっか。あんまり根詰めすぎてもね、しんどいだけだし」

「わかった……」

口を尖らせ、ユメコはティッシュを拾って立ち上がった。ネクロマンサーと組手をしていたゾンビが家の中に戻っていくのが見える。彼らは工房の冷蔵庫の中にいつも保存されているのだ。ユメコのような完全自立型ではないので、操作にはどうしても魔力を消費するのである。

「早くネクロマンサーみたいにいっぱい魔法使えるようになりたい……」

「千里の道も一歩からってヤツよ」

ぽんぽんと大きな手がユメコの頭を撫でる。「一休みすっかー」と彼らも自宅へと歩き出した。


——そんな風に、今日もまた平和に穏やかに日常が過ぎていき……

それは、何の前触れもなく訪れた。

「海いきたい！」

ソファでだらだら昼寝をしていたネクロマンサーを叩き起こしたのは、お腹の上にダイブしてきたユメコの質量と大きな声だった。

「ぐえッ……海～？　なんでまた海～？」

突然の目覚めに目をしばたかせ、ユメコの頭の上に掌を置くネクロマンサーはそうたずねた。するとユメコは無言のまま、海遊びを題材にした絵本をバッと広げて彼に見せたのだ。青い海、青い空、白い砂浜……ってヤツだ。

「あー。やめときな、危ないからぁ」

「なんで！」

食い気味に答えたユメコが、魔法使いの胸板に頬を押し付け口を尖らせる。

「なんでって？　海はヤベーアンデッドまみれなんだよね……。ゾンビ水棲生物はマジヤバなのさ、陸の比じゃないの。戦艦やら潜水艦のゴーストシップとか遭遇したらめんどいしぃ……」

「魔法でやっつけて！」

「言うねえ……」

「もー！　なんでこんな世界はゾンビまみれ！」

「ちょっと世界滅亡しちゃったからな～。……あと惑星規模の魔素脈《マナライン》の乱れっていうか……」

「マナライン……この星の血管みたいなモノっていつも言ってるやつ？」

「そうそれ。それで……うーん、どうしても海行きたい？」

「いきたい！　海いったことない！」

「そういえばそっか。ユメコ海行ったことなかったね」

「お風呂は毎日入ってるけど……」

「風呂と海はグレープフルーツとグレープぐらい違うもんな。じゃあ……まず水着の確保からですね……あと防水の魔法の用意とー結界用の魔石も作らないとな……」

片手はユメコの頭から背中をナデナデしながら、反対の手で指折り数えるネクロマンサー。その様子は、海に行くことにオーケーを出していることを示していた。ゾンビの少女は目を輝かせる。

「海！　海いける？　海いっていい⁉」

「そうよー、海遊びしに行くかー。ここんとこは魔法の練習ばっかりだったしね、たまにはパーッと遊びたいでしょ。じゃあちょっくらショッピングモール行きますか、ユメコさん。水着とか浮き輪とか必要だもんね」

「水着！　行く！」

テンションのままに足をパタパタさせるユメコ。彼女を抱っこしながら起き上がるネクロマンサーは、ふと思い出したかのように続けた。

「あ、そーだそーだ、ちょうどいいわ。ショッピングモール辺りにちょっと、でっかいのが湧いてたんだよね。ついでに、でかくなりすぎる前に倒しておくか」

「でっかいの？」

「命が途切れた残留思念ってのは、だんだん自我の境界が曖昧になっていくんだよ。自分を失っていくわけ。だから境界のなくなったモノ同士で引っ付いちゃって……それを繰り返していくと、やがて一つに固まっていくんだ。ほら、前に綿菓子つくってあげたことあるでしょ？」

綿菓子を作る装置の中に砂糖を入れれば、細い綿菓子の欠片がふわふわと漂い始める——それを割り箸でくるくる集めていけば、大きな大きな綿菓子になる。ユメコはそれを思い出し、「なるほど」と頷いた。

「ユメコは俺が魔法でメンテナンスしてるから、自我境界は薄れないんだけどね」

そう付け加えてから、彼は説明に戻る。

「とまあ、アンデッドっていうのはそうやって、ゆっくりとまとまっていくんだよ。そしていっぱいまとまってるほど強大だ。……で、海っていうのは大きな一つの塊ってのもあって、それから潮の流れもあって、そういうモノがまとまりやすいんだ」

「だから海は危ないのか」

「そうそう。水中は重力の作用が少ないから巨大化しやすいって説もあるし、水辺は霊的な因果が強いからって説もある」

「でもネクロマンサーはメチャクチャ強い魔法使いだから大丈夫だね！」

「まあな‼」

ユメコににぱっと笑いかけられ、ノリと勢いで力強く頷いちゃうネクロマンサーである。

「誇張抜きで俺は世界一強い魔法使いだぞ。なぜならこの世界で魔法使いは俺だけだから」

「ナンバーワンでオンリーワンだ……！」

「もともと特別なオンリーワンがナンバーワンになれば、強靭《きょうじん》無敵最強なのだ！」

「すごーい！」

「だろ‼」

男は寝そべったままでユメコを高い高いした。少女はキャッキャと楽しそうに笑みを弾ませた。

「じゃあショッピングモール行くぞ、ユメコー！　支度してらっしゃい」

「オヤツもってってていーい⁉」

「いいよー」

「ヤッター！」

ネクロマンサーに下ろされたユメコは嬉しそうに楽しそうにパタパタ支度に駆けて行った。魔法使いはその背中を見送ると、昼寝から起きたばかりの体をグッと伸ばし、肩と首を回して、自らも支度のために工房へと向かった。

●

先日の図書館に続いて、ユメコにとっては再びのお出かけだ。自宅やその周辺での日々が退屈という訳ではないが、ユメコはお出かけが大好きである。見知らぬ場所はワクワクする、そんな好奇心が旺盛なのだ。

「ユメコは海で何したい?」

からころ、と音がするのはユメコが空き缶を蹴っ飛ばして遊んでいるからだ。その背にネクロマンサーが問いかければ、可愛らしいリュックを背負っている少女が振り返る。

「泳ぐ! すっごい泳ぐ!」

「ははーん、なるほど」

アニメや本やらは、ユメコが『旧時代』を知るにはちょうど良い媒体だ。かつてこの星がどんな風景をしていて、どんな生き物がいて、どんな風に過ごしていたのか、それを死んだ少女に鮮やかに教えてくれる。

そして——今二人が歩いているのは、どうしようもなく終末を迎えた世界だった。それこそ、『旧時代』であればフィクションの中でのみの風景だった。陽光の鮮やかさと、廃墟の静けさが、コントラストを描いている。

ちょうど、雑草が伸び放題の道路にさしかかる。ユメコが蹴った缶が転がって、緑の中に消えてしまった。

「あ!」

「あら」

一瞬、缶を探しに行こうとしたユメコだが、ちょうど缶蹴り遊びの止め時が分からなくなっていた頃合いだったのか、捜索は諦めたようだ。

「ユメコさん楽しかったですか？　缶蹴り」

「ぼちぼちねー」

「ぼちぼちですか」

ユメコはネクロマンサーの近くに戻ってきて、その手と手をきゅっと繋ぐ。ネクロマンサーは小さくて冷たい手を包むように握り返した。


そうして、藪を踏み越えてほどなくだ。割れたガランドウの駐車場をゆったり歩いて行けば、ショッピングモールの正面入り口へとたどり着く。店の外に展示してあった自転車はことごとく朽ち果て、ドミノ倒しのように崩れていた。

電気の通っていない建物の中は薄暗い。入り口の自動ドアのガラスは割れて砕けて、誰でも何でも入れるようになり果てていた。

「おじゃましまーす！」

ユメコの元気な声が静寂に響いた。返事をする者は当たり前だがいなかった。

「ユメコ、ちょーっと危ないから俺の手を離すなよ」

ネクロマンサーはいつもの口調だが、ユメコの手を握る力を少しだけ強くした。

「いいこにしてたら、魔法を見せてあげる」

「うん！　おてて離さない！」

「えらい！」

そして二人は歩みを進める。建物の中はあっちこっちに物が散乱していた――けれど何よりも気を引いたのは、不快なほどの血腥《ちなまぐさ》さだ。奥の方が妙に暗い。空気も重く、ぞわぞわとする。

「ネクロマンサー、なんかヘンな感じする……」

「そーだねぇ。怖い？」

「んん……」

「よしよし、じゃあちょっと明るくしよっか」

そう言ってネクロマンサーが指を鳴らせば、傍らにポッと青白い火の玉が灯って照明代わりになった――暗くなっていた辺りがよく見える。露になったのは、ドス赤い血管が床や壁や天井を這い、そこかしこで肉の瘤《こぶ》が脈打っている異常な風景だった。

「うわ、きもちわる！」

ユメコは思わずネクロマンサーの腕にしがみついた。一方の魔法使いはやはり平然としたままで、

「あー、これ領域つくり始めてンな」

「リョウイキ？」

「強くて安定した魔術的存在は、自分にとって都合が良かったり動きやすかったりする世界を作り始めるのよ。ほら、オカルト話でさ、いつの間にか異世界に迷い込んで……っていう展開あるだろ？　ああいう異世界は、やべーモンの縄張り」

「……やべーの？」

「やべーね。ですがネクロマンサーはアンデッド系の専門家なので、アンデッドによる領域なんてヨユーで解除できちゃいま～す。よーし魔法使っちゃうぞ」

きゃぴついた仕草でネクロマンサーが言う。きゃぴつく必要があったかというと答えはNOだ。魔法使いは血肉の這う暗闇を見澄まし、呪文を唱えた。

「灰は灰に塵は塵に、汝が全てを『秩序に委ねよ』」

いつもの物言い、しかし朗々と響く不思議な声だった。それが言葉に魔力が込められている何よりの証拠である。

ユメコが目を真ん丸にしていると、そこいらにあったひくつく赤色がズルズルと縮んで、消えていく。同時に不自然なほど一帯を覆っていた闇も薄らいでいく。あのおぞましい雰囲気も幾らかマシになっていた。

「よーし、あっちだ」

ネクロマンサーはユメコの手を引いて、闇と血肉が消えていく方へと歩き始めた。

「あっちには何がいるの？」

ユメコが問えば、ネクロマンサーが「まあ見ててごらん」とアゴで示した。少女がそちらへ顔を向ければ、それはちょうどエスカレーターの足元、数多の人間を捏ね合わせたような異形の肉塊として存在していた。赤黒く、いくつもの人間のパーツが飛び出して突き出していて……かと思えばずぶずぶと肉の中に沈んでいく。脈打つ心臓のように、そんな動作を繰り返している。ぐちゅりぐちゅり、肉を捏ねるような嫌な音がした。

「……アンデッド?」

普段見るものよりも明らかに『ヤバイ』。そんな雰囲気に、ユメコはそろりとネクロマンサーの後ろに隠れる。

「イエス。残留思念という魔力要素と、ゾンビという器的な肉体要素がまとめてポンされた感じ。廃墟とかゴーストタウンにちょくちょく発生するんだわ――まあ今は世界中が廃墟とゴーストタウンなんだけどね」

言いながら魔法使いが指をスイと動かせば、脈打っていたアンデッド――この廃墟の主――は青白く燃えて、あっという間に灰になって消えた。呆気ないものだ。逆に言うと、あれほどのクラスのアンデッドを容易く退治してしまえるネクロマンサーの技量の高さを示している。

「やっつけたの?」

「やっつけました。もう大丈夫です。ヘンな感じもしないだろ？」

「……ホントだ！　ネクロマンサーすごーい！　つよーい！」

「だろ？」

ユメコにローブの袖をぐいぐい引っ張られて、少女を抱き上げる魔法使い。彼はハシャぐユメコの両手にほっぺをもちもちされるまま、念のためと周囲を見渡した。アンデッドの気配はない。この廃墟はもう安全だろう。

「ねえねえネクロマンサー、ネクロマンサーはなんで強いの？」

「国家資格なネクロマンサーだからです」

「メンキョショのアレか」

「アレです。あとは日々の訓練の賜物《たまもの》とマッスル」

「まっする……ユメコもがんばればマッスルなる？」

「うーんゾンビは体鍛えても筋肉つかないからなぁ。でもユメコは俺よりもフツーに力強いよ。すっごい特別で魔力強化した筋繊維してるから。やろうと思えば俺ぐらい余裕で持ち上げられるよ」

「……ほんと⁉」

やる、とユメコがうごうごし始めた。抱っこを下ろしての合図である。なのでそっと下ろしてやれば、きゅっとユメコが男の両足を膝辺りで正面から両手で抱え込んで。

「えい」

軽々だった。だが！　足だけ（しかも下の方）を抱えられて持ち上げられると、重心がブレッブレになるのだ！　ついでに膝辺りを抱えられたので、膝カックンみたいになったのだ！

「うぁッタっはァーーーー!!」

セミの羽化みたいな姿勢でバランスを崩すネクロマンサー。ごん、と後頭部を打った。

「痛ぁい!!」

いい年をした男のガチの痛い時の声である。

「ご……ごめん！」

これにはユメコも思わず手を離して真面目な謝罪。廃墟の床で大の字のまま、男は茫然としていた……が。

「ゆるすよ！」

許してあげた。

最早ただの階段となったエスカレーターを上っていく。柱に掲示されていた案内マップに偽りはなく、そこに水着ショップがあった。

「さて水着コーナーですよ」

ネクロマンサーが掌で示すと、ユメコは「わあー！」と感動の声を上げた。

「ここが水着コーナー……！　すごーい！　水着いっぱいあるー！」

「好きなの選んでおいで」

「はーい！」

言葉終わりにはユメコはパッと走り出していた。ネクロマンサーはその後をゆっくりと追う。並んでいる商品はちょいと埃を被っているが、洗えば大丈夫だろう。それに店の奥に在庫もあるだろうし、とネクロマンサーは考える。

（しっかし水着ショップなんて初めて入ったぞ）

この水着ショップ、ほとんどが女性向けである。実に様々な種類の水着が並んでいる――それらにはきっと色んな種類の名称があるのだろうが、ネクロマンサーは女性の水着の形に詳しくはない。「わーかわいいねー」「わーセクシーだねー」「わーオシャレだねー」ぐらいの感想しかひねり出せない。

そもそも女性の水着が立ち並ぶ場所に成人男性が突っ立っているのは、ものすごくアウェー感があった。けれどまあ、生きている人間は自分しかいないのだとネクロマンサーは自分を勇気づける。堂々としていることに努力する。

(つーか水着着るなんていつ以来だ)

過去の記憶をひっくり返す。学生時代は授業で水泳があったから夏場にはスクール用のそれを着ていたが。そうだ高校時代にスクール用のじゃなくて普通のサーフパンツを買ったっけ。友達とプールや海に遊びに行く用に。そしてそれっきりだった。大学時代以降、水着で泳いで遊ぶ、なんてしなかったな、と。

(毎年、夏になれば『今年こそプールか海で遊ぶかな』って思ってたのになぁ)

一人で行くこともやぶさかではなかったのだが、一人でとなると今度は面倒臭さが上回る。ぼっち飯やヒトカラに抵抗感のないネクロマンサーであるのだが、どうも「誰かと遊びに行く約束」という名目がないと腰が上がらない。つまりは出不精のケがあった。

そうして年月を重ねていく内に、学生時代の友人は各々の仕事でスケジュールが合わないとか、「疲れるから嫌だ」とか、どんどん誰かと出かける機会がなくなっていったっけ――ネクロマンサーはしみじみと思いを馳せる。

……それでも、滅ぶ前の世界は、日々は、嫌いじゃなかった。

「見て見てネクロマンサー!」

そんな彼を回想から現実に引き戻すのは、ユメコの明るい声である。

（そうだ俺、なにビキニに囲まれてシンミリしてんだか）

ネクロマンサーは我に返りながら、「どうした？」とユメコの方へと足を向ける。

「見てこれ！　ヒモみたいなのあるよ！」

女児は目を輝かせながら——言い方はすこぶる悪いが、この食いつきは道端でウンコを発見した男児に似ている——ヒモとしか形容できない水着を指差していた。

「おおうセクシー水着だ」

「セクシー水着だ！」

「まさかユメコさん、これ着たいの？」

「えー！　ちがうよー！　ちがうもん！　恥ずかしい！」

笑ってイッと歯を剥くユメコに、ネクロマンサーは「そっかそっか、俺はホッとしました」と笑みを返した。こういう水着に罪がある訳ではないし、こういうのを着る者を悪く言うつもりはないが、流石《さすが》にユメコにはまだ早すぎると思ったのだ。

それからネクロマンサーはなんとなくセクシー水着の値札を見て、ギョッとする。

「うっわ、コレたッか！　布面積ぜんぜんないのに高ッッ!!」

そう、このセクシー水着、他の水着と比べてお高いのである！　布面積はほとんどないのに！

首を傾げるユメコに、ネクロマンサーは旧時代ではこれを得るのに多くのお金が必要であることを説明した。ユメコはあんまりピンと来ていない顔で「へー」とだけ頷いた。ユメコが生まれたのはお金というものが価値を失ってからである。お金というものがどういうものなのか、それにどういう価値があるものだったのか、彼女は概念レベルで分からないのだ。

一方でネクロマンサーはヒモを片手に考える。

「コレはアレか……目薬がちょっとしかないのに、液体の飲み物と比べるとめっちゃ高いようなアレなのか……いや違う気がする……これは材料費っていうよりもデザイン費なのか……？　水着ワールドおそるべし……おそるべしセクシー水着」

この理屈でいくと、きっとセクシー下着も普通の下着より高いんだろうなぁとネクロマンサーは思った。まあ俺には縁のないモノだけど、と心の中で付け加える。彼は露出が多くてセクシーなアレよりも、露出が少なくてちょっと野暮ったい方がグッとくるタイプなのである。

「さてと……」

俺も水着を選ばねば。ネクロマンサーは隅の方にちょっとだけあるメンズコーナーへと向かった。決定にそう時間はかからなかった。パッと見て「イイネ」と思ったアロハ柄のサーフパンツである。普段、骨色の地味な色合いの服ばっかりなだけに、こういう時はここぞとカラフルなものを着たい。そんなオトコゴコロから、明るい色合いのアロハである。ハイビスカス咲きまくりである。

一方のユメコは、子供用水着のコーナーにいた。やはりジュニアな女の子にはジュニアな女の子用デザインのブツが心に刺さるらしい。水着を選び終えたネクロマンサーが「どう、決まった？」と顔を出せば、ユメコは「これにする！」と水着を差し出した。白地に青い花柄が爽やかなフレアビキニだ。フリルたっぷりで可愛らしい。

「お、いいじゃん。可愛いじゃん」

「うんっ！　これがいい！」

「オーケーオーケー。じゃあ後はビーチサンダルと、ゴーグルと浮き輪だな。そんで浮き輪を膨らませるあのシュコシュコするやつも」

「はーい！　……えへ、海たのしみだねっ」

ユメコは心からの笑みを浮かべた。瑞々しいまでの「楽しみ！」という気持ちが伝わってきて、ネクロマンサーもつられるように笑む。水着を大事に持っている少女を優しく撫でた。

「俺も楽しみだよ。ユメコがいなかったら、海になんか行くことはなかったろうからさ。ありがとな」

「ふふ。どういたしましてっ」

先に言った通り海は危険だ。だから相応の準備と警戒をして臨まなければならない。

そんな手間やリスクはあるが——ネクロマンサーはそれ以上に、ユメコがこんなにも嬉しそうにしていることが、嬉しかった。

●

「これで後は、海に行くだけだねぇ」

水着、浮き輪、ゴーグル、ビーチサンダル、水鉄砲、それから水着を入れておくビニールバッグも。リュックに購入した荷物を詰めて、二人は帰り道である。そろそろ夕暮れが近く、影が長くなっている。

「海、楽しみー」

さっきからユメコは「海が楽しみ」という旨の言葉を何度も繰り返している。それだけ楽しみなのだろう。ネクロマンサーと繋いだ手にもきゅっと力がこもっている。

「明日晴れたら、早速行こうな」

「行くー！　……晴れるかな？」

ユメコが空を見上げる。ネクロマンサーも同じく空を見上げた。綺麗な午後の空だ。光は黄色を帯び始め、どこか青空も褪せたような、じっと見ていると哀愁漂う気分になるような。

「どれどれ占ってみよう」

ネクロマンサーはローブの中から小さな袋を取り出した。そこには白い粉が詰まっている。ヤバイクスリ……ではなく、骨を砕いて挽《ひ》いたものだ。

「小麦粉？」

「骨よー。カルシウムたっぷりぞ」

ユメコの問いに軽い口調で答えながら、ネクロマンサーは骨粉を一つまみすると掌に載せ、ふーっと息を吹きかける。かつて生物の一部として命を帯びていたそれは昼下がりの中空へと、キラキラしながら舞い散っていった。ユメコは不思議そうに、そして興味深そうに骨の粉が消えていく様を眺めていた。

「ネクロマンサー、天気分かった？」

「うん、明日は晴れですね」

「海いける⁉」

「行けますね！」

「やったー！」

ユメコがぴょんとネクロマンサーにしがみつく。「おんぶ！」とねだってくるので、魔法使いはリュックを体の前に回してから、「はいどうぞ」としゃがみこんだ。きゃあーと少女は全身で感情を表わしながら、男の背中に抱きついた。

「どっこいしょ。……ユメコ。今日のご飯は何食べたい？」

少女をおんぶした姿勢で、ネクロマンサーは歩き始める。ユメコは「んー」としばらく考えてから、彼に回した手でその頬をむにっとつまんだ。

「スパゲティ！」

「はいなー。どういうやつ？」

「ケチャップのやつ！」

「おっけー、じゃあちょっとスーパー寄ってから帰ろうか」

——ケチャップのスパゲティ。つまりナポリタン。

玉ねぎ、ピーマン、エリンギ、ソーセージを適当な大きさに刻んで、ざっと野菜炒めを作るのだ。この時点でケチャップをこれでもかと入れておく。とんかつソースもちょっと入れれば、味わいにリッチな厚みが増すのだ。ケチャップは加熱されることで酸味が飛んで良い感じになる。そこに茹《ゆ》でたパスタをぶちこんで混ぜれば——

「以上！　超簡単スパゲティ！」

自宅のリビング、ネクロマンサーは完成したナポリタンをテーブルの上に置いた。スーパーに寄って帰宅して調理をしていたら、空はもう真っ暗だ。お腹もペコペコだ。

「おいしそう！　スパゲティ！」

そう言って目を輝かせるユメコに、ネクロマンサーは「粉チーズを好きなようにおかけ」と小さな容器を傍に置いた。

そういうわけで、二人でいただきます。シンプルながら懐かしい味わいだ。粉チーズをかければチーズの風味が増す。野菜の旨味、ケチャップとソースの味わい、ソーセージのジューシー感、エリンギの食感、そしていい塩梅に茹でられたスパゲティ。王道的な味わいは、たとえシンプルであろうが決して舌を裏切らない。

「おいしい……おいしい……」

はふはふ。ユメコは口の回りをケチャップで真っ赤にしながら幸せそうに頬張っている。その表情だけで味わいが伝わってくるかのようだ。一方で、ゾンビが口の周りを真っ赤に……と考えるとスプラッタな光景だが、ユメコは賢いゾンビだし、口の周りの赤色はケチャップである。平和な光景だ。

「んふふ……海……海……」

ユメコは最早、「おいしい」「海たのしみ」ばかりを繰り返す存在となっていた。そう、この世界にはまだ海がある！　海があるということは、海遊びができるということである。

「寝て起きたら、海！」

「海だね～楽しみだね～」

二人は向き合い、微笑み合う。明日が楽しみだと気持ちを分かち合いながら。

そしていつものようにお皿を洗う。のんびり過ごして、家事や掃除をしたり、勉強したり、魔法の練習をしたり、お風呂に入ったり。

「よし、じゃあ今日は早めに寝るか」

「はーい！」

というわけで、二人はいつもより少し早めにお布団へと入ったのであった。枕元には明日の支度が置いてある。目を覚ましたら海へと出発だ。ネクロマンサーにとってはあまりにも久々の、ユメコにとっては生まれて初めての。

●

午前中に起きるのは、ネクロマンサーにとって数年振りの出来事だった——寝ている時にどうしても喉が渇いたとか、トイレに行きたくなった時とか、変な夢でハッと目覚めた時は除く。ユメコについても以下同文。

「ねむい……」

お布団に座りこんだ姿勢、ユメコは目をくしくしとこすっていた。黄金色の嫋《たお》やかな髪にも寝癖が付いている。

「おはようユメコ！　午前中だからガチでおはようだ！」

一方のネクロマンサーの寝起きはすこぶる良く、Tシャツとパンツ姿でカーテンをシャッと開ける。途端、部屋を満たした眩しさにユメコは目を細めた。

「んんんまぶしい」

「ほらユメコ見てみ？　快晴だぞ見てみ？　俺の骨占いの精度スゲーだろ」

ハツラツとしたネクロマンサーが親指で窓の外を示す。ユメコが目をしばしばさせながらそちらを見れば、見事なまでに快晴だった。

「晴れてる……」

「晴れてるということは？」

「……海っ！」

ユメコはバネのように跳ね起きる。眠気は吹っ飛んだようだ。

「すごい！　ほんとに晴れてる！」

「骨を使った占いは実はメチャクチャ歴史があるんだぞ。かなりプリミティブフォーチュンテリング」

「すごいね！」

「だろ！　よっしゃよっしゃ、ご飯食べてお弁当つくったら海に出発だ」

「はーい！」

というわけで——

支度を終えた二人は、玄関から外に出る。ネクロマンサーが魔法の箒をふわりと浮かせ、そこに荷物を引っかけて、ユメコを抱っこして跨《また》がらせて、最後に自分が箒に跨がった。

「いざ、出発！」

「しゅっぱーつ！」

魔法の箒が浮かび上がる——重力に逆らう不思議な心地と共に、ぐんぐん地面が遠くなる。

「すごーい！」

ユメコは箒に乗せてもらうのが好きだ。この何とも言えない浮遊感が楽しいのだ。それから、空から見えるこの景色も。

「ユメコ、しっかりつかまっとけよ」

「はーい！」

バイクの2ケツのように、前にいるネクロマンサーの背中にユメコはしがみつく。落ちないようにしながら少女は風景を見渡す。緑に沈みゆく灰色のゴーストタウンだ。太陽を浴びて——キラキラしているように見えるのは、少女の心象《しんしょう》も影響しているからだろうか。

耳元では、風を切る音が流れていく。魔法の箒は速い。障害物も曲がり角もない空は、目的地まで一直線だ。爽快である。

「箒、いいなー。ユメコも自分の箒ほしい」

「いつか作ってやるよ」

「ほんと⁉」

「もうちょっと魔力操作が身についてからだけどね。お楽しみに」

そんな風にいくつか会話をして、しりとりをしたりして、田んぼだった場所やらの風景を越えて――。

「あ‼」

ユメコが彼方を指差した。

「海‼」

向こう側、そこには太陽に眩く輝く青い海が広がっていた。皮肉にも環境を汚す人間がいなくなったことで、その水はどこまでも透き通っている。ユメコは水平線を見るのは生まれて初めてだ。それは彼女にとって形容しがたいほどに感動的であった。

「うみぃーーー‼」

「海だねえ、すごいねえ。よーし、そろそろ到着ですぞ」

緩やかに速度と高度が落ちていく。ネクロマンサーはテンションの上がったユメコに背中をばふばふされながら、真っ白な砂浜の上にゆっくりと降り立った。

「ハイ到着」

「海ーーーーッッ」

砂浜に足がつくなり、ユメコがダッと駆け出そうとする。ネクロマンサーはそれを「待ちなさい待ちなさい」と慌てて抱き上げて引き止めた。

「まずは結界を張るから……その間にレジャーシート敷いて、水着にお着替えして、準備体操しときな。俺がオッケー言うまで海に近付くなよ」

「はーい」

そわつく気持ちをぐっと堪え、ユメコは言われた通りにする。レジャーシートを敷いて、パラソルを立てて、日陰でお着替えだ。どうせ着替えシーンを見てくるような輩もいない。

その間にネクロマンサーが魔法を行使していく。手にはイチイが彫られた骨の杖があった——強力な存在の進入を許さぬためには、それよりも強い力を持つ結界が必要なのだ。

「あ！　杖使ってる！」

「ちょっとキツめの結界張るからねー」

お着替え中のユメコにそう答え、ネクロマンサーが杖を持った手を垂らす。そうするとじわじわと杖に彼の血が伝って、彫られたイチイの紋様を赤色に浮かび上がらせる。

「……血⁉」

「大丈夫大丈夫、心配しないで。血を魔術媒介にするのは魔法使いにはよくあること」

驚いたユメコをなだめ、ネクロマンサーは何やら呪文を唱えていくと、最後に仕上げのように杖を動かした。何気ない動作に見えるが、れっきとした儀式的意味合いを持つ動作である。そうすればうっすらと光る膜が、辺り一帯をドーム状に覆った。

「はいできた！　ユメコ、光ってるとこまでしか行っちゃダメだからね、危ないから」

「オッケー？　オッケー⁉」

「オッケー！」

「海ーーっ‼」

まるで発射されたロケットだ、とネクロマンサーは駆け出したユメコの背中を見て思った。きゃあーっとハシャぎながら、ユメコは海に駆け込んでいく。そのままザブンするのかと思いきや、足首まで浸かったところでピタッと立ち止まった。感心と放心がミックスされた状態らしい。

「うみ……」

ユメコは足元を凝視する。ざんざと冷たい波が泡を立て、音を立て、不思議なうねりを作りながら、少女の足を濡らしていく。寄せて返す波。砂や貝殻のカケラがころころと流されていく。そんな景色が繰り返される――延々と。

「すごい……」

言葉を失っているとは正にこういうことを示す。そのままユメコが顔を上げれば、どこまでもどこまでも青い海だ。水平線の方に行くにつれて、海の色合いが深く青く変わっていく。

「すごい‼」

ユメコが振り返ると、ちょうどネクロマンサーが着替えていた。肌の露出がゼロである普段の姿と打って変わって、サーフパンツに麦わら帽子で爽やかだ。肌色だ。つるりとしていてストンとしているユメコとまるで違って、ゴツくて筋肉で凹凸がある。顔はやはり、麦わら帽子の陰という名の認識阻害魔法で暗く見えない。

「すごいねー。貝殻ある？」

「かいがら……」

着替え終えたネクロマンサーに言われ、ユメコは再び下を向いた。しゃがみこんで目を凝らせば、小さな小さな貝殻が砂の中にちりばめられていた。砕けたカケラが多いが、綺麗な形のものもある。

「貝殻あるー！」

「よーし、こんなこともあろうかと俺は小瓶を持ってきたのだ。いい感じの貝殻をお入れ」

裸足でゆっくり歩いてきたネクロマンサーが、ユメコに空の小瓶を渡した。そうすればユメコは夢中になって貝殻を探し始める。ネクロマンサーはその傍ら、のんびりとストレッチをしながら海を見渡した。

「思ったより綺麗だな」

「ネクロマンサぁあぁーーー！　宝石あったーーー！」

「おー宝石みつかったかー。それシーグラスっていってガラスだぞ」

「ガラス……!?」

「瓶とかのガラスがな、波で削られてまるっこくなるんだ。宝石じゃないけど、綺麗だろ」

「うん！　もってかえる」

口の広い小瓶に、ユメコが青いシーグラスをカランと落とした。それを海に透かしてみる。ユメコにとって、海のカケラを閉じ込めたその小瓶は、かつてないほどのお宝に見えた。

と、ネクロマンサーが少女を呼ぶ。抱っこしてあげるから、ちょっと海に浸かってみるかと言っている。ユメコは小瓶を砂の上にキュッと埋めるように置くと、小さな足跡を作りながら水着の魔法使いへと抱き着いた。

ユメコにとって深い水というのは生まれて初めてだ。水に浸かるのはいつも浴槽だけだった。当然、泳ぎ方も知らない。いざ深い水に浸かってみるとなかなかに怖いものので、ユメコはネクロマンサーにぎゅっとしがみつきながら「離さないでね」と繰り返す。

「よしよし、じゃあ足のつくとこで、ちょっとずつ泳ぐ練習してこうか」

「泳げるかなー……」

「浮き輪もあるしゴーグルもあるし、大丈夫大丈夫。それにユメコのポテンシャルなら余裕だって。身体能力バリ高なんだから」

「ほんと?」

「マジだよ、だってユメコを作ったの俺だもん」

「……がんばる！」

「がんばろうな」

ネクロマンサーの言った通り、ユメコはすぐに泳ぎを覚えた。彼女の身体能力は高い。言ってしまえば運動神経がすこぶる良い。ちょっと練習したら、もうネクロマンサーと繋いだ手を離してざぶざぶ泳げるようになってしまった。念のためとして浮き輪を着けてはいるが。

「しょっぱーい！　たのしーい！」

最初の不安そうな様子はどこへやら、今はその人間すら凌駕《りょうが》するフィジカリティのままに泳ぎ回っているユメコである。呼吸を必要としない死んだ体ゆえに、息継ぎが一切不要という強みもあった。

「ハシャぎすぎて脱臼するなよ〜、あと海水飲まないようにね」

ネクロマンサーものんびり泳いで、ユメコの傍を浮き輪に身を任せてたゆたっている。波に揺られながら空を見ると、禅と虚無の狭間のような心地になってくる……。

（あ、ヤベ、寝そう……）

お日様のあったかさと、海の冷たさが精神をまろやかにしていく……。脳味噌が完全にカラッポだった。ネクロマンサーはハッと我に返ると首をもたげ、相変わらずざぶざぶざばざば泳ぎまくりの暴れマシンと化しているユメコを視界に収める。言いつけを守って、結界の外には出ていない。脱臼したりパーツが破損しないように加減もしている。

（スッゲー体力……）

ユメコは製作者のネクロマンサー自身が驚くほどの体力だ。ネクロマンサーは感心する。俺も泳ぐかなと思いかけるが、彼は帰りに箒を使って飛んで帰る体力を温存しておかねばならない。プラス、危険度の高いアンデッドと遭遇した場合に対処もしなければならない。そういうわけで残念ながら、ネクロマンサーがここで体力を消耗する訳にはいかないのだ。結界の中は安全ではあるし、普段の日々だと忘れそうになるが、この滅んだ世界は危険な存在だらけなのである。

●

砂浜には、大きな足跡と小さな足跡。

「ネクロマンサー、どうして海は青いの？」

パラソルの陰の下、レジャーシートに濡れた足を投げ出して、問いかけたユメコの手には割れたスイカがあった。さっきスイカ割りをしたのである。

「それはね、俺が魔法で青く染めたからだよ」

ネクロマンサーは砂浜にプッとスイカの種を噴きながらそう言った。ユメコは「マジか……」と感心して水平線を眺めている。魔法使いは「マジ……」と同じぐらい神妙な声音で同じ方を見た。

「まあ冗談なんだけど」

スイカをしゃくりと一口。しれっと言うネクロマンサー。

「ああ！　ネクロマンサーまたテキトー言った！」

「ごめんて。じゃあ本当の話を教えてあげよう……海はなぜ青いのか」

「ほんとにほんと～？」

ユメコはいぶかしむ様子を見せる。「まあお聞き」とネクロマンサーは持ってきたウェットティッシュで指を拭いた。

「色っていうのは、実はモノに跳ね返った光なんだ。光っていうのは、たくさんの色の集まりでね、俺達の目に届いた光が赤なら赤く、青なら青く見える。海は青色の光をガッツリ跳ね返すから青く見える」

「うーん……よくわかんない！」

「あとは青空を映してるからとかなんとか、そういう話もあるよ。ま、この辺は理科のお勉強の時に踏み込んで話そうか」

食べ終わったスイカの皮は、ネクロマンサーが魔法によって灰に変えた。「サンドイッチ食べる？」と魔法使いがお弁当箱を探しながら言うので、ユメコは「食べる！」と残りのスイカを食べ終わった。小玉のスイカだったので、二人でも十分に食べきれた。

出かける前に作ったお弁当のサンドイッチは、二人で一緒に作ったものだ。キュウリ、ハム、卵のスタンダードなものから、ジャム、マーガリンのデザート系まで。ちょっとした軽食である。飲み物はクーラーボックスの中に入れておいた缶のソフトドリンクだ。

不思議なものである。料理とはできたてが一番おいしいはずなのに、外で食べる冷めたお弁当はなぜこんなにもおいしいのか。風を感じ、太陽を感じ、シンプルなサンドイッチを頬張っていく。二人ともモグモグしている間は会話もない。ただ、潮騒だけが優しく流れる。

「綺麗だね、海」

潮風に濡れた髪をかき上げ、ユメコはアクアマリン色の目を細めた。長い睫毛が海の光にまたたいている。

「うん、酒飲みたい」

ネクロマンサーはうっかり本音が出た。ユメコが目をぱちくりさせて彼を見るので、

「なんでもないです」と濁しておいた。筈だろうが飲酒運転はご法度《はっと》なのだ。ノンアルコールのソーダを飲んで、炭酸で喉を慰めた。

さてランチ休憩も終われば。

ユメコは砂遊びセット——バケツにスコップなど——を手に、颯爽と立ち上がった。

「ちょっと……砂遊びしてくる！」

「いいねぇ。俺もまーぜて」

「いいよ！　でっかい砂の山つくるの！」

「オッケー任せろ、俺すっごい指先器用だから」

ネクロマンサーは飲みかけだった缶のソーダをぐいっと飲み干して、「はやくはやくー！」と手招きするユメコの方へと立ち上がった。


大きな砂の山を作った。貝殻で飾り、トンネルも開通させた。

波打ち際で水鉄砲を撃ち合って遊んだ。

浮き輪に乗ってのんびりとたゆたったり、潜ったり、泳いだり。

見つけた流木を全力でブン投げてみたり。

あるいは砂浜に座り込んで、ボーッと海を眺めたり。

波打ち際を延々と歩き続けてみたり。

そうして海で遊んでいると、空には夕暮れが近付いていた。

「――ユメコ、そろそろ帰ろうか。体拭いたら、お着替えしな」

ネクロマンサーはタオルで髪を拭きながら、波打ち際でちゃぷちゃぷと遊んでいるユメコへと呼びかけた。

「えー……あともうちょっとだけ～！」

「暗くなると危ないから……またつれて来てあげるしさ」

「むむー……」

もっと遊びたいのがユメコの本音だった。それぐらい海は特別で、すごくすごく楽しかったのだ。

視線を落とせば、波が柔らかく流れている。言葉が途切れれば、世界は海の音だけになる。ネクロマンサーのところに戻らないと、という思いと、あともうちょっとだけ遊びたい、そんな気持ちに波の中の足の指がもそりと動く。

「ユメコ、おいで」

「んんん……はーい」

少女は後ろ髪引かれる思いで踵を返し――かけるが。ぴりっと不穏な心地がして、その動作をやめる。海の方を見る。この『不穏な心地』はショッピングモールでも感じたモノだ。

「……ッ！」

結界のすぐ外、海の中。

何かがいる。

それは――とろけた水死体と変異海洋生物が集まって生じた巨大なアンデッドだっ

た。ざぶ、と水面から半分だけ、その異様に肥大した頭部を覗かせた。魚めいた巨大な目玉がユメコをじいと見る。顔面にはびっしりとフジツボがへばりついていた。そのフジツボはまるで臓器のようにひくひくと気味悪く脈打っている。

生理的嫌悪感をもよおす異形。危険な存在だ、と本能が告げる。

「……ユメコ、ゆーっくりこっちに戻ってこい。落ち着けよ、強い感情は連中を惹きつける──」

ネクロマンサーの低い声。ユメコはその言葉に従い、ゆっくりと陸地へと後退する。一方でネクロマンサーは入れ替わるように波打ち際に立つ。

（あー……マズったな）

自分の言葉でハッとする。そうだ。死者は生者の気配──例えば感情に敏感なのだ。

「海で遊んで楽しい」というこれ以上もなく生者らしい大きな感情は、暗闇の誘蛾灯《ゆうがとう》もいいところだった。結界を張っている、日中の間なら大丈夫、とは想定していたが。

「ちょっと多いなこれ」

こんなに寄って来るとは。ネクロマンサーは結界の外の海にびっしりと大量のアンデッドがいることを察知する。中には今水面から顔を覗かせているような凶悪な個体もチラホラいる。

ユメコをつれてすぐに箒で飛んで逃げるか──いや、結界から出た瞬間に総攻撃をしかけられかねない。陸地にいれば安全だなんて思わない方がいいような連中だ。となならば、多少彼らを蹴散らしてから逃亡が取るべき手段となる。

「ユメコ、そこから動くなよ。結界の範囲狭めて攻撃用に魔力リソース回すから」

言いながら、ネクロマンサーは召喚した死霊に自分の魔術装具——いつものローブやら——を持ってこさせ、手早くそれに着替える。着替えながら結界の範囲を省エネで済むように狭くしていく。ユメコ一人守れればそれでいい。

「だ……大丈夫？」

ユメコが心配そうに聞いた。彼はグッと親指を立ててみせた。

「あったりまえよ、俺は世界最強の魔法使いだぞ？」

手にはイチイの骨杖。ひゅ、とそれを振るった。そうすれば砂浜一面に膨大な数の死霊の兵団が展開された。ユメコが図書館で見た魔法使いに関するイラストのリアル版で——壮観だった。

そして結界はユメコの周囲を包むだけまでに収縮を完了する、直後だった。

「行け！」

魔法使いが指示を下す。そうすれば武装した死霊らは弓を一斉に引き絞り、放つ——空に魔力の光が幾重も奔《はし》った。それは波濤《はとう》のように海より襲い来る異形共を立て続けに砕いていく。

しかし巨大なアンデッドは体に幾つも矢を刺したまま、まるで動じた様子なく波打ち際へと迫っていた。狙う先はネクロマンサー。彼はゆるりと首を傾げ、杖をしなやかに振るった。そうすれば砕かれて無力化された水棲アンデッドの肉と骨と血がずると一斉に彼の足元へ集い、たちまちの内に大型のゾンビへと姿を変えた。

おぞましい咆哮《ほうこう》が響く。ネクロマンサーが作り出した真っ赤なゾンビと、白い水棲ゾンビとが取っ組み合い、食らいつき合い、互いの肉体を壊していく。

その周囲では距離を詰めてきた小型の水棲ゾンビの群れと、吶喊《とっかん》した白兵型の死霊達とが乱戦を繰り広げていた。さながら戦争そのものだ。青白い炎のような死霊が剣を振るい、水棲アンデッドが肉を斬られながらも彼らへ噛み付き食いちぎる。生臭さと共に死者の中身が砂浜にぶちまけられる。

戦場に散らばる死者の残骸は、ネクロマンサーの次なる魔法のリソースとなる。魔法によってツギハギされて彼の軍勢として立ち上がったり、その骨はそのままネクロマンサーが放つ凶器になったり。かつて人の戦場において恐れられた魔法だ。死者が出れば出るほど彼らの魔法は強力になり、敵からすれば尽きない戦力が――中には友軍だった存在も支配下となり――襲ってくるのだから。

「……思ったよりキリがねーな」

死臭と腐臭と生臭さに満ちる砂浜。倒れた軍勢を何度も何度も修復して立ち上がせながら、ネクロマンサーは眉根を寄せた。年単位で手付かずのままだった海は、ネクロマンサーの予想よりも死者の楽園となっていたのだ。戦線は拮抗《きっこう》している。

「ぬあああもうちょっと準備してくるんだったな畜生ー！」

振り下ろされた水棲アンデッドの巨大な掌を、肉と骨の幾重もの壁で緊急防御する。そのまま操る血潮の奔流を刃に変えてその手首を切断して死霊術で支配すると、「お返しだオラッ」とそのアンデッドへロケットパンチの要領で強烈にぶつけ返した。

——ユメコはそんなネクロマンサーの背中を、遠巻きからじっと見ている。

すごい、かっこいい。そんな感情にただただポカンとしていた。やっぱり彼は最強の魔法使いで、偉大なネクロマンサーなのだ。

だけど、なんだろう——この胸のざわめきは。

「う……」

一人だけぽつんと離れた場所にいる。戦うなここにいろと命令されて守られている。視線の先には、ネクロマンサーによって使役されて戦い続ける死者がいる。

「ユメコだって……ネクロマンサーのゾンビなのに……」

本人は自覚していないが——それはヤキモチと疎外感。自分だって戦える、それに普段から「特別」「最高傑作」と言われている。魔法だって……まだ基礎段階だけど、練習し始めている。

（ユメコだって戦えるのに……！）

――まるで、「弱くて役に立たないからそこにいなさい」と言われているかのよう。

そんなのは嫌だ。ユメコは下唇を噛む。こんな、足手まといみたいな。悔しい気持ちに涙がこみ上げてきそうだ。苦戦している彼のために何もできない自分が無力で嫌だった。

と――少女の視線の先、海からまた新たに迫りくる水棲アンデッドが見えた。顔のパーツが口しかない、白くてぶよぶよの巨人だ。ざぼ、と水面から現れるそれは、その巨大な口でネクロマンサーが使役する軍団を食い散らかし始める。

あいつをやっつければ、ちょっとは彼に認めてもらえる？

そんな思いが、少女の心を過った。その時にはもう――ユメコは走り出していた。

先日誕生日を迎えて、少しぐらいは成長したはずなのだ。それにいつもネクロマンサーは言ってくれる。ユメコは特別で強いアンデッドなのだと。大丈夫、きっとどうにかできると自負を抱いた。

「なッ――駄目だユメコ、待ちなさい！」

ネクロマンサーの明らかに狼狽《うろた》えた声が聞こえた。

「あれはユメコがやっつける！　ユメコだってネクロマンサーのお手伝いするもん！」

少女はそう返して、迫る死者をすれ違いざまに指先から現した骨の爪で切り捨てて、水の中を進む。水に足を取られてうまく進めない。厄介だ。ああ、水の上を走れたら。そう思って、ユメコは閃く。魔法とはイメージ。海に漂う魔力の流れを感じ取る。ティッシュを魔力で動かそうとしていた練習を思い出す。水が足の裏を押し上げて弾くような、そんなイメージを強く強く――動け動け――

そうすれば、だ。ユメコは水面を跳ぶように駆けていた。

（やった……！）

これなら。ひと跳び、ふた跳び――跳び出るユメコは、まるで矢のように真っ向から巨大な水棲アンデッドに跳びかかる。横合い、その無防備な横っ面を狙った。

その瞬間だった。アンデッドの白い肉に亀裂が走ったかと思えば、ぐぱりと現れた巨大な口が開かれて――

「あ」

少女が目を見開いた瞬間である。ばくん、とその口がユメコを飲みこみ、そして、彼女の目の前は真っ暗になる。

額への口付けで目を覚ます。ああこれは夢だと少女は自覚した。少女の肉体に魔法という命を吹き込んでくれた、最愛なるネクロマンサーの顔をユメコは見上げていた。その顔は見えない、だけど優しい眼差しを感じる。少女はそれに微笑み返した。それから落ちるような心地のまま、また目蓋をゆっくりと閉じる。

ユメコの体に入っているのは、ネクロマンサーから吹き込まれた魔法、彼の魔力の一部分。つまり彼女の体には、まるで親が子に遺伝子を分けるかのように、ネクロマンサーを構成するモノが混じっていると言っていい。

だから、だろうか――少女は夢見心地のまま、見たことのない景色を見る。

廃墟ではないビル。窓の割れていない建物。雑草だらけじゃない道路。明るく色が灯る信号。潰れていない車。たくさんの人間。賑やかな音。

「シジマ、お前はこの世界を美しいと思うか？」

そう言われ、『大きな男の視点』は少し下を見る。神経質そうにスーツを着込んだ痩せ型の男が、陸橋から世界を眺めている。その頭部は鮮やかでアニミスティックなデザインの布冠《ふかん》で覆われ、顔は細やかな宝玉による帷《とばり》で覆い隠されていた。よくよく見ればスーツにも、そして両手を覆う手袋にも細やかな刺繍が施されており、そのいずれもが呪術的な意味合いを持つものだと理解できる。巫術師《シャーマン》が纏《まと》うものだ、と視点主と視野を共有するユメコの意識は不思議と確信した。

「俺ですか」

視点の主である男がのんびりした声で答える。そして『シジマ』は、排気ガスのにおいが漂う文明の町を眺めた。

「うーん。美醜はさておいて、俺は嫌いじゃないですよ。あ、美醜の質問なのに答えられなくてすいません」

「そうか」

「ゴウゼンさんはどうなんスか」

その問いに。宝玉の帷の合間、静かな眼差しが視点主に向けられた。『ゴウゼン』の言葉は——すぐ傍を走り抜けていった電車の音がかき消して——風がごうと吹いた。


……そしてユメコは目を覚ます。夢ではない本当の世界で。

背中に冷たいものを感じる。それは冷えた手術台の上で——ここはネクロマンサーの工房だった。

「あ、起きた？」

少しずつ焦点の合っていく視界には、いつもの魔術服を着たネクロマンサーが、ユメコの方へと顔を向ける姿があった。その手は銀の針と魔法の糸を持ち、ユメコの体を縫っている。

「ネクロマンサー……」

「俺のことが分かる？」

「シジマ……」

「ネクロマンサーでいいよ、そっちのが慣れてるし」

「ゴウゼンって誰……？」

「――さあね。ほら、どこまで覚えてる？」

「海……、おっきいゾンビが……ネクロマンサーが戦って……ユメコ、海の上を走って……」

「うん、記憶に問題なし。ちょっと寝ぼけてるみたいだけど、よかったよかった。……いや～も一、バラバラになったから治すの大変だったよ」

ネクロマンサーは怒ったり厭味《いやみ》を言ったりせず、飄々《ひょうひょう》と肩を竦めた。「はい終わり」と魔法の糸を切り、ユメコに起き上がるよう指示をした。少女は上体を起こし、手を指を首を動かし、動作に問題がないことを確かめた。

一方でその表情は暗く沈んで、今にも泣き出しそうである。

「……ごめんなさぁい……」

しょぼくれた声で呟いて、ユメコはうつむいた。自分がネクロマンサーの注意を無視して結界の外に出たから、アンデッドに食べられて体がバラバラになってしまったのだ。そのことをユメコは理解し、悪く思っているからこそ、謝罪の言葉と共に涙を滲ませる。

対し、ネクロマンサーは器具を片付けながら溜め息を吐いた。

「大人の言うことは聞くように。言いつけ破ったらどうなるか、俺が言ってる『危ないから』がどれだけヤバいか、分かったろ？」

「はい……」

「ユメコは確かに強いアンデッドだよ。俺が作った最高傑作だからね。でも戦闘のためだけに作った生体兵器じゃないし、海にいるような、しかもあれだけ大きな個体になるとやっぱ難しいよ。……自分は強いからちょっとは大丈夫、って思ってるフシあったろ？」

「ううう……」

「……でも、ちゃんとゴメンナサイできてえらいね、ユメコ。怖かったね」

ネクロマンサーは身を屈め、魔法によって縫合痕のない人形のような少女を優しく抱きしめる。後頭部を撫でられ、「怖かったね」の言葉に、ユメコの涙腺が決壊する。

「うえぇええぇごめんなさい、ごめんなさいー」

怖かったのは本当だ。見たこともない巨大な怪物が水面からぬっと現れ、何も見えない真っ暗闇の口を開いて迫る姿。ユメコはゾンビなので死なないが、体をバラバラに砕かれミンチにされ溶かされてしまえば、事実上の再起不能となってしまう。そうなっていたかもしれない恐怖に、少女は幼く泣きじゃくる。魔法使いに強く強くしがみつく。

「よしよし、アイツはやっつけておいたから、もう大丈夫だよ。ここは安全なおうちだ」

男の手はユメコを抱き上げ、あやすように揺すってくれる。すんすんとユメコは涙に鼻を鳴らしながら、その肩口に顔を埋める。

「……やっつけたの？」

「うん。ネクロマンサーだからねぇ、アンデッドに負けるワケないでしょ？　俺は世界最強の魔法使いなんだから」

「つよい……」

「まあね！　なので強いネクロマンサーの言うことは、これからもちゃんと聞きましょうね」

「はい……」

ネクロマンサーに背中をとんとんと優しくたたかれて、ユメコは安堵に目を閉じた。もちろん、しっかりと反省しながら。

抱っこされたまま、ユメコはネクロマンサーとお風呂に入った。見慣れたバスタブのお湯は温かく、海のような冷たさはなく、足もつくし底が見えるし、何より危険なアンデッドもいなかった。

安心できる場所だ。ユメコは温かな真水に身を委ね、ほっと息をつく。それから体を洗っている魔法使いを見て、ふと気付いた。

「ネクロマンサー、日焼けしてる」

「まあねぇ、お日様パワーは侮《あなど》れん」

浴槽のお湯を手桶で汲んで、ネクロマンサーは体の泡をざばーっと流していく。ユメコの言った通り、サーフパンツを穿いていた部分以外が少しだけ日焼けしていた。

ユメコはお湯の中の自分の体を見渡した。そして、ネクロマンサーのように日焼けしていないことを発見した。

「ユメコ日焼けしてない」

「ゾンビだからぬぁ」

顔をメンズ用洗顔剤で洗っているネクロマンサーが、若干間延びした声で答えた。

「そうなのかー」とユメコは彼の厚くて広い背中を見る。そういえば……と気付くことがあった。

「ネクロマンサー、ケガしてない……よかったぁ」

今更ながらではあるが――逆に言うとそこまで気が回るまでメンタルが回復したということであり――ユメコが見る限り彼の肌に傷はない。そのことにユメコは心からホッとした。

「言ったろ？　俺は世界最強の魔法使いなんだ」

洗顔中ゆえに目を閉じているらしい、ネクロマンサーは手探りの動作で見つけ出したシャワーの栓をひねった。お湯を浴びながら言葉を続ける。

「ユメコも、綺麗に体を治せて良かった。自我も無事で何よりだよ」

「うん……。治してくれて、ありがとう」

「どういたしまして。……水着までは直せなかったけどね」

男はシャワーを止めて、ゆっくりと浴槽に浸かり始める。ユメコは伸ばしていた体を彼のために畳み、後ろを向いてその体に背中を預けた。

「そっか……水着……」

なくなってしまった水着に思いを馳せ、ユメコは小さく溜め息を吐いた。水着が失われてしまったのは、ユメコが彼の言いつけを守らなかったからだと、少女は自責と共に理解していた。自業自得の単語は知らないが概念はふんわり理解している。だからユメコはしゅんとしている。

ネクロマンサーは、そんな少女の頭の上に濡れた手を置いて、髪を掻き上げてやる。

「まあ水着はさ、世界中にたくさん残ってるからさ。またお出かけして、一緒に選ぼうよ」

「……いいの？」

「いいよぉ。そんで庭でプール遊びしましょうか。ビニールプール使ってさ。海じゃないけど、プール遊びもなかなか悪くない提案だろ？　きっと楽しいぞ」

ユメコは首を反らしてネクロマンサーを見上げた。魔法によって彼の顔は見えないが、優しく微笑んでいる雰囲気を察した。湯気の中、柔らかく見下ろす紫色の眼差しを感じる。

「せっかくの水着の思い出なんだ、楽しいものにしておきたいじゃん？　ヤな思い出は楽しい思い出で上書き保存しちゃうに限る」

「プール遊び……いいの？　いいの？」

「それはもうオッケーですとも。移動時間がない分、いーっぱい遊べるぞ！」

「……!!」

沈んでいたユメコの表情が、みるみる明るくなっていく。

「プール遊び、するーーー!!」

少女が表情を輝かせて元気よく答えたので、魔法使いも嬉しくなった。同時に安堵する――肉体が大きく損傷することは、知能の高いゾンビにとっては多大なストレスになり得るのだ。幻痛の仕組みめいて理性の方がダメージを負ってしまうのである。精神の方が「肉体が死んだのだから私は死んだ」と思い込んでしまうわけだ。そして自我への大きなダメージは、精神崩壊を容易に引き起こす。

(……ひと安心だな)

うまく感情の誘導ができた。できるだけ辛いことを考えさせないように――ユメコは魔法使いの願い通り、襲われたショックによる暗い気持ちから、すっかりプール遊びを楽しみにする状態になっている。

(ユメコが壊れなくて良かった)

ネクロマンサーは心からそう思う。彼はこの小さなゾンビのことを、世界で一番大切にしていた。そして、今夜のご飯は彼女の好きなものを作ってあげようと考えるのであった。

(しかし……昏睡中に俺の記憶でも垣間見たのかね)

ゴウゼン、というワード。男は過去の記憶の彼方、『上司』のことをふっと思い出してはーーすぐに思考から追いやった。今は、楽しいことだけを考えるべきだから。

後日――。

二人はユメコの新しい水着とビニールプールを、あのショッピングモールで手に入れた。新しい水着はミントブルーのストライプ模様がガーリーな、ワンピースタイプだ。

そしてよく晴れた日、家の外の道路にビニールプールを設置する。空気を入れるのはユメコがシュコシュコするやつで頑張った。膨らませたプールへはホースで蛇口から水をひき、ほどなくしてアスファルトの上にプールができあがる。

ガラン、と音が響いたのは、道の上に並べられた空き缶達の中の一つを、ユメコが水鉄砲で撃ち抜いた音だ。

「当たったー！」

ビニールプールに浸かった水着姿のユメコは、プラスチックの水鉄砲を手にきゃっきゃとハシャいだ。「当たったよ！」と振り返れば、散水用ノズルを付けたホースを持ち出してきたネクロマンサーが「やりおる」と称賛する。もちろん彼も水着姿だ。例のアロハ柄の。

「そしてこれがオトナの力だ‼」

散水ノズルを拳銃めいたフォームで構えるネクロマンサー。流石は元警官、フォームがガチだ。一直線に絞られた水が勢い良く放たれて、並べられていた空き缶を軒並み薙ぎ倒していった。

「あー！　いいなーいいなーいいなーいいなー‼」

「ユメコもやる？」

銃口（？）をフッと吹きながら言う彼に、少女は「やりたい！」と手を上げた。散水ノズルがユメコに手渡される。道の向こうで、ネクロマンサーが召喚したゾンビが倒れた缶を立て直していく。

放たれる水飛沫《みずしぶき》が虹を描き、アスファルトを黒く濡らす——。

「しっかしさあ、ユメコさんや」

すっかりシューティングに夢中になっている小さな背中へ、ビニールプールに巨躯をねじこみまったりしているネクロマンサーが呼びかける。

「アレすごかったな、水の上を走る魔法。まさかあんなことができるなんて……」

「え？　……えへへー。なんか、できた！」

振り返るユメコがはにかむ。ふふ、とネクロマンサーは優しく笑み返した。

「よっぽど強い想いに駆られてたんだね、あの時に。ユメコ、結構才能あるじゃないか。凄いことだよ、魔法初心者なのに杖なしであんなことするなんてさ」

「へへへ～～」

「よしよし、ちょっともういっかい水の上立ってみ？」

ちゃぷちゃぷと水面に触れて彼が言う。「よし！」とユメコは散水ノズルを置いて、勇み足でプールに近付き、「いくよ！」と勢いよく足をプールへ——

ばちゃ。

「あれ？」

足の裏は水面ではなく、ガッツリとプールの底についている。

「そい！」

ワンモアセッ。しかしダメ。

「……あれえ⁉　立てなくなってる！」

「あー……火事場の馬鹿力的なヤツだったのね！」

「なんでえ！」

「まあまあまあ。一回できたってことは、必ずできるポテンシャルはあるってことだから」

「ぬぁん！」

「ははは、練習あるのみですね。……さてと。ユメコ、焼きそばでも食べる？」

プールの程近くにはバーベキューセットが置いてある。それから具材も。「食べる！」とユメコが水の上に立てないことへの腹癒《はらい》せのように力強く答えたので、「じゃあ一緒に作ろっか」とネクロマンサーは少女を抱っこして立ち上がったのであった。

ビーチサンダルで濡れたアスファルトを踏む。男は少女へ言った。

「ユメコが魔法ばりばり使えるようになったらさ、また海行こうぜ」

「……いいの？」

「海は逃げないからな！」

「――うんっ‼」

こうしてユメコに目標ができた。早く一人前の魔法使いになって、海遊びにリベンジするのだと。

第六話　よふかしをしよう

それは、世界が朝日を迎えた頃のことである。

「わあああーーーっッ!!」

ユメコが叫び声と共に布団から飛び起きたものだから、隣で寝ていたネクロマンサーもビックリ仰天して跳ね起きた。

「どッ……どうしたユメコ、大丈夫か⁉　どっか具合悪いのか⁉」

上体を起こして放心状態の少女の肩に触れ、魔法使いは狼狽《ろうばい》した声と共にユメコの姿を見渡した。彼女はおそるおそるといった顔でネクロマンサーの方を見るや、ぶわっと涙を溢れさせる。

「……生きてた～～～っっ!!」

力いっぱいに飛びつかれ抱きつかれ、ネクロマンサーは「どわあ」と布団に押し倒される。ユメコから猛烈にぐりぐりと額を押し付けられている。彼は仰向けのままユメコを抱きしめ返し、なだめるようにぽんぽんしながら、合点がいかない様子で尋ねた。

「生きてたって……何が？　どゆこと？　どしたのユメコ？」

「あのね、あのね、ネクロマンサーがね……夢の中で起きないの。ずっとずっと起きないの……呼んでも、ゆさゆさしても、全然……」

　ぐすぐすしながらユメコは続ける。

「それでね、心臓の音がしないの。息してないの。ネクロマンサーが死んじゃってたの……」

「なるほどそれで、ビックリして飛び起きたのか」

　優しく後頭部を撫でられて、少しずつ落ち着いてきたユメコは「うん……」と小さく頷いた。

「ネクロマンサー、生きててよかった……怖かった……」

「うんうん、怖かったね。俺は生きてるよ、大丈夫。心臓の音が聞こえるだろ？」

　彼にそう言われ、ユメコは頭を傾けて耳をその左胸に押し当てた。くたびれた薄いTシャツ越し、どくん、どくん、確かに鼓動の音がする。その音を聞きながら背中をゆったり撫でられていると、ユメコは安心に包まれた。

「よかった……」

　やっと涙と不安が治まった。でもそれも束の間、今度は別の不安がユメコの心に湧き上がってくる。

「……ネクロマンサー、いつか死んじゃう?」

「まあ、人間だから、いつかはね」

「やだー……ネクロマンサー、いなくなっちゃやだー……」

「寿命で死ぬ以外で、いなくなったりしないよ」

「じゅみょう……」

「寿命はね、もうしょうがない。どんなものもいつかは朽ちる。人間もゾンビも、地球も」

「やだー……」

「嫌かー」

ネクロマンサーは自分の体の上に乗った少女を抱え、ごろんと横になると共に彼女を隣に寝かせた。布団を引っ張って、その体に被せる。ユメコは引っ付いて離れない。分厚くて温かい胸板に顔を埋めている。

「俺は……いつかは寿命で死ぬよ。ユメコだって、いつかは体が朽ち果てて消える。何事にも終わりはある。だけどさ、ユメコ。終わる時のことばっかり考えて、今が楽しめないと、もったいなくない?」

ユメコは無言のまま、大人しく聞いている。男はしがみついてくる小さな体を布団の上からゆっくり撫でながら、言葉を続けた。

「終わりの時に、あー楽しかった～って思えるようにさ、今はヤケクソでもいいから楽しいことだけ考えてようよ。そうしたら、終わりの悲しみを感じてる暇なんてなくなるさ」

「楽しいこと……」

「こないだのプール、楽しかったろ？」

「うん」

「お誕生日は？」

「楽しかった」

「一緒にお勉強したのは？」

「……楽しかった」

「泡風呂は？」

「楽しかった……」

「毎日、一緒にご飯を食べるのは？」

「好き」

「な？　悲しいことを考えるより、楽しいことしようよ。これからも一緒に、いっぱい」

「……うん」

ユメコは濡れた目元を、ネクロマンサーのTシャツで拭った。

「ネクロマンサー、大好き……」

「俺もユメコのこと大好きだよ」

心からの言葉だ。だからこそユメコは心にじんわりと温かいものを感じる。

言葉の途切れた部屋は静かだ。朝日がカーテン越しに差し込み、ほの明るい。ユメコは目を閉じることができず、布団の中の暗がりをボンヤリと眺めている。夜目の利く少女は暗がりでもよく見えた。いつも鍛えている分厚い生者の体だ。

「寝たくない……」

「そっか」

ネクロマンサーは叱ったりはしなかった。また怖い夢を見そうで嫌なんだろう、と彼は少女の心中を慮《おもんぱか》る。

「じゃあさ、ユメコ」

魔法使いは布団をパッとめくりながら、声を弾ませた。

「やっちゃう？　夜更かし。夜更かしっていうか朝更かしだけど、まあ朝は夜の延長線だ！」

「……よふかし？」

布団を取っ払われ、ユメコは顔を上げてネクロマンサーの方を見て、首を傾げる。

「夜更かしって、何するの？」

「んー……夜食を食べたり、コンビニに行ったり、テレビ見たりゲームしたり」

「ほえー」

「……近くのコンビニになんか食べるもの漁りに行くか！」

「行く！」

ユメコが上体を起こす。ならばとネクロマンサーも勢い良く立ち上がった。

「よっしゃ！　今夜は夜更かしだ！」

「夜更かしー！」

●

朝だ。かつては登校する学童や、出勤する社会人がひしめいていたような時間帯。

朝だが便宜上は夜更かしなので、服装も夜更かしに則《のっと》る。具体的に言うと、ネクロマンサーはパンツの上にちゃんとスウェットを穿いた。この世界に既に法律はないが、流石にパンツ一枚で家の外をウロウロするのは人間の尊厳的にアウトだった。だが夜更かしスタイルなので寝間着からは着替えない。上にはフード付きのパーカーで、いつものように顔を陰で閉ざす。一方のユメコはもこもこのガーリーで愛らしいルームウェア姿だ。

「パジャマのまま、おでかけするなんて……！」

玄関で靴を履きながら、ユメコはドキドキとした様子だ。なんだかいけないことをしている心地らしい――例えば靴と服を身に着けたまま風呂に入るとか、部屋中の電気を点けっ放しにするとか、そういう背徳感だ。

「フフフ……夜更かしとはインモラルでアナーキーなのだ」

ネクロマンサーは外出時にいつも持っているリュックを背負う。魔術服以外を着て外に出るなんて久々では……と思いかけるも、「そーいやこないだ水着だったわ」と思い出す。というわけで履くのは先日手に入れたばかりの、海にも履いていったビーチサンダルだ。そしてドアノブに手をかける。

「それじゃー出発だー」

「はーい！」

ドアが開かれる――この時間帯の朝日を浴びるのはいつ振りか、とネクロマンサーはフードの陰から眩しさに目を細めた。

「まぶしい」

ユメコは目をしぱしぱさせる。ネクロマンサーは彼女の頭をぽんと撫でてからゆったりと歩き出した。

「アンデッドにとって、朝日はあんまり良いものじゃないからなぁ。下位のやつなんて朝日浴びたら消滅しちゃうし。まあでもユメコは眩しいぐらいだから大丈夫」

「まぶしー」

眩しいからという理由で、ユメコはネクロマンサーを日陰にしたり、電柱の細い影を渡ったり、電線の霞んで消えそうな影の下をちょろちょろと歩いたりしている。T字路にさしかかると「どっちー⁉」とネクロマンサーへ振り返って声を張るので、魔法使いは「どーっちだ」とクイズを飛ばすのだ。

「んー……じゃあ右！」

「ほんとですか～？」

「んんん……」

「……正解は右です！　ユメコお前、二分の一の確率勝負に勝つとはすごいな……やりおる」

「やったー！」

「とゆわけでさあ右に行きますよ」

「おっけー！」

実はコンビニは、結界の外ではあるものの近所に複数箇所あるのだ。ネクロマンサーはなんとなく、通勤通学の時間帯だからという理由で駅前のコンビニに行ってみたくなった。一応は夜更かしなので通勤時間のことを考慮するなど若干レギュレーション違反気味だが、こういうのはノリと気分が大事なのだ。

駅もそんなに遠くはない。尤も電車が来ないので足を運ぶ必要性がなく、駅には久しく訪れていなかった。ユメコに至っては駅に来るのは生まれて初めてだった。

「ユメコ、これが駅だよ。アニメとかドラマで観たことあるだろ？　電車が来るところ」

「おおーこれが噂の」

ユメコは感心した様子で駅を見上げた。駅名は蔦が繁茂《はんも》して緑に覆われてしまい、もう判別することはできない。ありふれた街中の駅だ。吹き込んだ落ち葉やら砂利やら、それからアンデッドが這った痕やらがある、ガランドウの改札口が見えた。

「そしてこっちが駅前コンビニだ」

次いでネクロマンサーが示すのは、駅の向かいにあるコンビニだ。周りの風景の例に漏れず廃墟である。緑化計画が仇《あだ》となって、繁りすぎた植木やらに半ば侵食されてしまっている。ガラスも割れて店内も荒れ放題だ。

「ユメコちょい待ってな」

ネクロマンサーはユメコに待機するよう指示して、コンビニに立ち入った。危険がないかさっと確かめる――問題なし。「オッケーおいでー」と手招きすれば、日陰で待っていたユメコがダッシュで来る。勢いのまま助走をつけて、ネクロマンサーにぴょんと抱き着いた。

「ゴール！」

「ナイスゴール～」

ネクロマンサーはユメコを抱き留めると、その場でくるんと回ってから降ろしてやった。そうすればユメコはご機嫌で探検ごっこを始めるのだ。

店内の食品類は旧時代では当たり前だった防腐魔法――保存料や添加物をあれこれするよりローコストで安全なのだ――によって腐ってこそいないが、風雨に晒されたり魔獣やらに荒らされたりでダメになってしまったものが散見される。

「ネクロマンサー！　見て見て！」

ユメコはレジで遊んでいるようだ。中から出てきたピカピカの硬貨を持ってくる。

「金貨だー！」

「おっ、いいお宝見つけたじゃん」

かつてレジの中からお金を持ち出すことは犯罪だったが、もう法律は機能していない。ネクロマンサーは律儀さからスーパーのレジやらに金を置いていくが、それが無駄な行為であることを自覚している。そもそも――そのお金自体、各地を流浪している時に見つけて拾ったものなのだ。もう幾ら働いてもお金はもらえない世界だから。

だから彼は、ピカピカでキラキラの硬貨に目を輝かせている少女に特にたしなめるような言葉はかけなかった。そうすれば嬉々としてユメコはワンピースのポケットに硬貨をしまいこむ。彼女が楽しいなら何よりだ。この世界ではお金や旧時代のルールなんかにこだわるよりも、楽しむことこそが最も優先されるべきなのだ。

「ネクロマンサーも何か見つけた？」

何度もポケットを確かめながら、ユメコが男を見上げる。

「俺はねー……これ」

ネクロマンサーは無事だったカップラーメンを二つ、ユメコに見せた。

「夜更かしの華はな、ユメコ。夜食だ」

「ヤショク」

「うむ。夜食の王様はインスタントラーメンなのだ」

「そうなんだ！」

「です。そして俺はハナからこれが目的で、水と鍋を持ってきたのだ」

水と鍋はリュックの中にあると示し、そこにカップラーメンを収納した。それからレジの上に価値のない紙幣を置く。ユメコはそれを「お金だ」と見守ると、しばらく考えた後、自分のポケットの中の硬貨を取り出し——大真面目な顔でじいと眺め——

やがて意を決したように、彼に倣《なら》ってレジの上に置くのだった。

「昔はな、ユメコ。そのお金を巡って人間はよくケンカしたものだよ」

コンビニの外へ歩き出しつつ、ネクロマンサーは言った。

「ドラマでよくやってる感じ？」

彼の手を握り、隣に並ぶユメコはラフな格好のネクロマンサーを見上げた。「そうそう」と魔法使いは頷く。少女は「ヘンなのー！」と笑った。ネクロマンサーは微笑み返しながら、ユメコは一生お金という概念について分からないままでいいと少しだけ思った。

●

駅に入る。壁も床も汚れているが、あのコンビニと比べれば随分と綺麗に感じた。灰色だ。ところどころ、アンデッドのものとおぼしきドス黒い血の痕がついているが。

「日かげは、ヒンヤリしてるね！」

無人の改札の下をユメコが潜る。ネクロマンサーは上を跨ぐ。不穏な気配はしないので、彼はそのまま穏やかな物言いで「そうだねぇ」と答えた。

かつてここは、この時間帯にはウンザリするほど人間で溢れ返っていたのだろう。

線路に飛び込んだ人間に舌打ちするほど心を辟易《へきえき》とさせた者々が。今はもういない。これからも現れない。砂利がうっすら積もった点字ブロックが佇んでいる。

「ネクロマンサー、どこまでいくの？」

褪せて湿気たポスターを眺めるユメコが問う。ネクロマンサーは「もうちょっと先だよ」と少女を手招きした。彼が歩いていく先は下り階段の向こう、プラットホームだ。枯れ葉やらが散り、蔦が這い、土埃に褪せて煤《すす》けて、線路は雑草に埋もれ沈んでいる。

「あ！　ここ電車くるやつ」

ユメコは白線を越えて線路を覗き込む。ネクロマンサーはその隣に立った。

「そーだぞー、昔はここに電車が来てたんだ」

「今は電車、どこにいるの？　もういない？」

「朽ちたやつならどっかに転がってると思うよ」

言いながら、ネクロマンサーはホームのタイルの上に腰を下ろす。線路側に足を垂らし、まるで椅子に座るかのように。それからリュックを下ろし、手鍋とボトル入りの水、割り箸とさっき手に入れたカップラーメンを取り出した。

「ユメコ、お鍋持ってて」

「はーい！」

言われた通りにユメコは手鍋を持った。ネクロマンサーがそこに水を注ぎ、指を鳴らすと鍋の下に魔法の火が灯る。

「魔法だー！」

「ちょっとした着火は基本的な魔法なのです。ユメコもティッシュを上手に浮かせられるようになったら、着火の魔法も練習してみような」

「ティッシュ……ぬぬ……」

あれからティッシュを浮かせる魔法については……ティッシュはプルプル震えるようになってきたが、まだ浮いてはいない。

「もうちょっとで浮きそうな気配あるよ、がんばれユメコ」

「ぬん……」

さて、ユメコは怪力なので、水入り手鍋を持ち上げ続けることなど余裕だ。鍋の底を青白い魔法の火がゆらゆらと這っている。ほどなくすればお湯が沸いた。それを半分だけ蓋を開けたカップラーメンに注いで、蓋を閉じて、体感で三分。できあがりだ。あっという間だ。インスタントの名はダテじゃない。

「ラーメン！　ラーメン！」

「熱いからゆっくり食べろよー」

「はい！　いただきます！」

ユメコとネクロマンサーは並んで座って、カップラーメンを食べ始める。どんぶりサイズでないので手持ちでも食べやすい。味はありふれた、そしてよくできたインスタントだ。パブリックな鶏ガラ醤油。フリーズドライのネギ。なにかしらの肉。濃い目の味がジャンクであり、同時に不思議な満足感を生むのだ。

はふはふ。湯気を顔に浴びながら、吐息で冷ましていきながら、麺をすすっていく。

「おいしいね」

小さな麺が底に残ったスープを飲みながら、ユメコが言う。ネクロマンサーはボンヤリ空を眺めたまま、「そうね」と少し眠そうに呟いた。ユメコは首を反らしてスープを飲み干すと、ネクロマンサーが見ている方を見上げる。よく晴れた空だ。ユメコにはいささか眩しく感じる。

「……やっぱり、生きてる人間は俺一人なのかなぁ」

それは男の独り言めいた呟きだった。ユメコは空に目を細めたまま、彼にこう尋ねた。

「生きてる人間がいたら、ネクロマンサーは会いたい？」

「まあね。もし大変な状況にいるのなら見捨ててはおけないし」

「そっかぁ」

「でも、ま！　俺にはユメコがいるから、寂しいとか物足りないとかはこれっぽっちもないんだけどね！」

ネクロマンサーは声を弾ませると、残りのラーメンをズッと食べきり、スープも飲み干した。空の容器を隣に置く。ユメコも同じように容器を置くと、身動《みじろ》ぎして魔法使いと密着するように隣り合った。大きな体に、小さな体をもたれさせる。

「あのね、ネクロマンサー」

「どしたユメコ」

「いつか、もしも、ネクロマンサーの息が止まって、心臓も止まって、死んじゃったらね……」

「うん」

「シドコハナで、花葬してあげるね。幸せになるんだよ」

「……うん、ありがとう。咲いた花はお風呂にでも浮かべて」

「んー、それは痒くなるから……」

「ふふ。冗談だよ」

ネクロマンサーは遥か過去の踏み切りの音を思い出しながら、ユメコの頭を柔らかく撫でた。少女はこてんと頭を彼の体に預ける。

「あのね、あのね、でもね、いつか死んじゃうけどもね、そういうのはネクロマンサーの、なんだっけ、『秩序になんとか』だから」

「秩序に委ねよ、ね」

――「寂しいから生き返らせる。死んで欲しくないからゾンビに改造する。それだけは、俺達ネクロマンサーは絶対にやっちゃダメなのよ。どんな生物の命も死も、自然として『そうあれかし』と、リスペクトしつつもドライを貫かねばならんのだ。これを俺達の専門用語で『秩序に委ねよ』と言う」

――「ずーっと昔からある自然のルール――生まれてくること、死んでいくこと、それをむやみやたらに乱しちゃダメですよ、ってことね。そのルールに触る魔法だからこそ、秩序に自分を委ねましょうってこと」

彼が図書館で言った言葉を、ユメコは思い出していた。心に刻んでいた。

「ユメコも死霊術師《ネクロマンサー》になりたいから。だからね、ネクロマンサーが死んじゃうことは、悲しくてつらいけど、それをぐしゃぐしゃにしちゃいけないの分かってるの。でも――いっぱいいっぱい長生きしてね、シジマ」

今朝の夢を思い出すとまた涙が滲んできそうだ。だから涙をこらえるように、ユメコは目蓋を閉じた。彼は「ネクロマンサーでいいよぉ」と小さく笑った。女の子の姿に変身しているときならともかく、この姿でシジマという名前で呼ばれるのはくすぐったいのだ、と。

次いだ声は、どこまでも優しかった。

「うん……ありがとう、ユメコ。健康には気を付けるよ」

「ずっとずっと、一緒にいてね……そしたらユメコ、毎日楽しいから……」

「うん、うん。……俺はユメコのおかげで、毎日幸せだよ」

「んふふ、どういたしまして！　ユメコも毎日、楽しいよ！　夜更かしも楽しい！」

コッソリ手の甲で目元を拭って、ネクロマンサーを見上げる少女は花咲くように笑った。

「……でもちょっと眠い！」

照れ隠しのようにそう続ける。「だっこしてだっこ」と甘えつけば、魔法使いは彼女を抱き上げ、ひとしきり撫でて愛でてから、おもむろに立ち上がった。空の容器は魔法で一瞬で燃え尽きさせた。ゴミは出さない主義なのだ。

「よーしよーし。それじゃ眠たいし帰って寝るか！　夜更かしはこれまで！」

「はーい！　寝る前にごはん食べたからハミガキね！」

「そうです！　歯磨きを忘れないユメコえらい！」

近道を通ろう。ネクロマンサーは線路の上へと軽やかに飛び降り、太腿ぐらいまで伸びた雑草と鉄の上に着地した。もう二度と電車は来ない。アクビをしながら、午前のゴーストタウンを歩いていく。朝日を浴びて輝いている、この美しい世界を。

——いつか、終わりは来るのだろう。

ネクロマンサーは冷たい少女を抱っこしたまま、雑草を踏み分けて進む。

(先に逝くのはきっと俺だ)

ユメコには加齢処理を毎年施しているとはいえ、彼とは大きな年齢差がある。彼は少女を遺して逝くことになるだろう。そしてその時、きっとユメコは泣くのだろう。悲しんで、寂しがることだろう。想像すると辛いけれど——自分の死で泣いてくれる存在がいることは、不謹慎だけど、嬉しいと思うのだ。花葬されるのも悪くない。美しい花に包まれて世界に還る、理想的じゃないか。

同時に願う。自分の死を、どうかユメコが前を向いて乗り越えてくれることを。自分がいなくなったひとりきりの世界でも、笑顔で楽しく暮らしてくれることを。

——そんな風になるまであとどれくらい、俺は彼女に遺せるだろうか。

(なんて、終活のこと考えるにゃ、まだちっと早いかね)

内心で苦笑する。柔らかな風がさわさわと緑を揺らす中、彼は目を細めるのだ。

いつか終わる。いつか朽ちる。それでも。それでも——今はまだ、終末世界にふたりきり。

第七話　げんきにいきよう

――シジマ、逃げるのか？

自らの血沼に沈んだスーツの男は、口からごぼりと血を吐きながら問いかけた。細やかな宝玉による帷の奥、眼差しはじっと――半歩後ずさった男を見据えていた。

「違う……」

声が震える。イチイの骨杖に、血が伝う。

「俺はただ、生きたいだけなんだ」

「ならば見届けるといい。失敗した私の分まで」

血を含んで濡れた白い手袋が、ゆらりと振られた。

「元気でな、シジマ」

「よく言うよ。全部アンタのせいなのに」

そして世界から罪は消えた。人間がいなくなったから。

戦争も貧富の差もなくなった。人間がいなくなったから。

世界は平和に、そして美しくなった——人間がいなくなったから。

誰もいない陸橋、青い空を眺める。

こんな世界で、こんなことになって、なぜこうまでして生きねばならないのか。そんな禅問答もとうに飽きた。彼は哲学者などではなかった。そうして目を閉じる。

●

——ぴぴぴ。

体温を測り終えた電子音が鳴った。ネクロマンサーが体温計の画面を見れば、数字は彼が熱を出していることを示していた。

「……風邪ひいた……」

体温計を持った手をパタリと布団の上に倒れさせ、布団の中のネクロマンサーは天井を仰いだ。

「か……かぜ……！」

すぐ傍でネクロマンサーを覗き込んでいたユメコは息を呑む。狼狽えた様子で、ぐったりしているネクロマンサーの体の上に手を置いた。

「か、風邪、どうして？　なんで？」

「うーん……なーんか昨日の寝る前ぐらいから、寒気がして具合悪いなぁとは……。まあ体調はどれだけ気を付けてても崩す時は崩すもんだ……しょーがない……」

「大丈夫……？　ネクロマンサー、死んだりしない……？」

「死にはしないよ、しばらく横になってたら良くなるさ……」

ユメコは酷くおろおろと心配している。先日、縁起でもない夢を見たばかりなのだ。それを理解しているからこそ、なだめるようにネクロマンサーは優しい物言いで言った。少女は「うん……」と頷くが、それでもやっぱり心配そうだ。

「ユメコ、冷凍庫から氷枕出して、タオルで巻いて持ってきて。……あとペットボトルのスポーツ飲料……」

こういう時は役目と仕事を与えて、それに集中させた方がいい。ゆえにネクロマンサーはユメコに頼み事をした。ゾンビ少女は「わかった！」と頷くと、「ちょっと待っててね！」を言い終わる前に部屋から飛び出していた。

ぱたぱたぱた……と大急ぎの足音が聞こえてくる。ネクロマンサーは横たわった姿勢の背骨でその音の響きを感じながら、大きく大きく息を吐いた。よもや風邪をひくとは、と肩を竦めたくなる気持ちだった。具合が悪い心地に眉根を寄せた。

ほどなくして、タオルで巻いた『保冷剤のデカい版な氷枕』を持ったユメコが部屋に戻ってくる。

「ネクロマンサー! これ‼」

「おーユメコありがとう……」

ネクロマンサーが首を上げれば、ユメコがそこにサッと氷枕を置いてくれる。それが済むや否や少女は「次は飲み物ね!」とまた部屋から飛び出していた。

そしてまたほどなくして、備蓄していたペットボトル入りのスポーツ飲料水がネクロマンサーの枕元に並べられる……ユメコの両手いっぱい五つほど。二リットルのやつ。ズラリ。

（猫よけかな……？）

「あていうかこんなに飲めないぞと思いつつも、上体を起こしたネクロマンサーは「ありがとうね」と早速一本目の蓋を開けた。胃に何か入れたくない欲が大きいが、無理をしてでも水分をとる。甘みのあるありふれたスポーツ飲料水の味だ。はぁ、と息を吐いてから彼は横になる。ユメコはその隣に座り込んで、横になった彼をじっと見ている。

「……魔法とか、魔法の薬で、シャキーンと治せないの？」

「その辺は治療魔術師《ヒーラー》の専門分野だからなぁ……。まあ、心配するなよユメコ。ちょっとした体調不良だからさ。あー氷枕ヒンヤリしててきもちー」

「なんか、なんかユメコにできること、ある？」

「んー、今は特に……。ごめんだけど、家事テキトーにやっといて。音とか気にせず掃除機かけちゃっていいから」

「うん……」

頷くものの、ユメコはネクロマンサーからあまり目を離したくないようだ。やれやれ、と健気さにほっこりしつつ魔法使いはユメコの小さな手を握った。

「大丈夫大丈夫、俺は世界最強の魔法使いだぞ。……居間にあるパン食べたら、歯磨きをして、お洗濯とお掃除、それから庭の水やりよろしくね。俺の分まで頼んだよ」

「わかったー……」

「終わったら、ここに本とかゲームとか持ってきていいからね。俺の隣で遊びな」

「うん！　……ネクロマンサーは何か食べないの？」

「ちょっと食欲ないからな、あとでいいや」

「そっかー……じゃあユメコ、パン食べてくる！　牛乳も飲んできます！」

「ハイ、いってらっしゃい」

ユメコが元気よく部屋から出ていったので、ネクロマンサーは布団をかぶって目を閉じた。

（寝込むほど体調崩すのひっさびさだなぁ……）

季節の変わり目だからか、それとも歳食って免疫落ちたか、なんて勝手に考える。特にこれといって理由は思い当たらなかった。体調不良なんてそんなもんだ。マスクしようがワクチン打とうがなる時はなる。

（ユメコのためにも早く治さねば……）

深呼吸をして、ネクロマンサーは休養のための眠りに身を委ねていく。

……とはいえ、そんなにすぐ寝付くことはできず。

ネクロマンサーは目は閉じているが、意識でユメコの足音や気配を感じ取っていた。彼女は彼の作品、大まかな位置や距離を把握できるのだ。その気になれば視界を『覗き見』することもできるし、聴覚やらも同じようなことができる。尤もユメコにもプライバシーがあるので、ほぼ使わないけれど。

●

具合が悪い時は、変な夢を見るものだ。そう、例えば昔の記憶の再演とか。

「いかなる理由があれど不正は不正、秩序を反故《ほご》にする罪である」

大規模摘発は速やかに完了した。『上司』は一切の妥協をせずに誰一人とて逃さなかった。目の前で「娘の治療費のためだったんだ、見逃してくれ」と泣きつかれようとも。

上司――ゴウゼンとはそういう人間だった。鋼のような正義。決して揺らがず、決して曇らず、どこまでも堅牢《けんろう》な。先ほどの「娘の治療費云々」についてもそうだ。一を見逃せば、これまで捕えてきた罪人全てへの裏切りになる。ゴウゼンはどんな凶悪犯だろうと対等な人間として相手を見ていた。だからこそ、平等に容赦をしなかった。万民と世界を愛しているからこそ、彼は正義の鉄槌《てっつい》となった。

――こういう人間を秩序の番人と呼ぶのだろう。シジマは彼に敬意を覚えていた。同時に、魔法使いとしての圧倒的な技量にも感服していた。ネクロマンサーというややこしい種類の魔法使いにも、一切の偏見なく接してくれるところが好ましいと思っていた。

仲がいいとか友達とか、そんな間柄では決してなかったように思う。それでも思い返せば不思議と、よく会話していたように思う。

「シジマ、お前はこの世界を美しいと思うか？」

人類文明を謳う町の只中、ゴウゼンは問う。

シジマはその時のことをよく覚えている。

電車が通り過ぎる、風がごうと吹く。

風に揺れる帷の間隙《かんげき》、唇の動きを覚えている。

「この世界は美しかった」

今になっても、あの時にどう答えていれば正解だったのか。

賛同すれば、共感を示せば、引き留められたのか。

あるいは真っ向から反対して、対立すればよかったのか。

何が正解だったのか。正解なんてあったのだろうか。

そして、どうして気付いてやれなかったのか。

ただ、今となっては、こう思う。

「アンタは少し真面目すぎたんですよ、ゴウゼンさん」

これは夢だ。熱が出ている時の変な夢。

だから彼が振り返り、小さく笑い、「そうかもしれない」と肩を竦めたのは、全部ありえなかった話。

●

浅い微睡《まどろ》みと覚醒を繰り返す。夢と想像の境界を行ったり来たりする。

ぺたぺたと控えめな足音を立てて、ユメコがまたネクロマンサーが寝ている部屋へやって来た。少女は魔法使いが眠っていると思っているらしい、起こさないようにそろりとした足取りで布団の傍までやって来る。ネクロマンサーはあえて目を閉じたまま、寝た振りをしてみた。枕元で座り込んだらしい衣擦《きぬず》れの音が聞こえた。

「……治った？」

ぽそっ、と聞かれた小声。その何とも言えない愛らしさについ、彼はフッと吹き笑いながら顔をユメコの方に向けた。

「うーん、治るのにあと半日以上はかかるかなぁ」

「起きてた！　……そっかーまだ治ってないのか……」

ユメコには風邪や発熱というものがない。だから『風邪による体調不良』とはあまりにも未知なものだった。分からないものだからこそ心配も募るのだ。

「どうしたら早く治る……？」

「まあ、お布団でのんびりしてたらいつかはね」

「そっかー……そっかー……」

ユメコは何かできないものかと浮わついた様子だ。ならば、と魔法使いは口を開く。

「睡眠は最強の治療薬なのだよ。……というわけでユメコ、俺が眠くなるまで昔話をしてやろう」

「昔話……どんな？」

ユメコが首を傾げた。ネクロマンサーは寝返りをしながら続けた。夢の景色を思い出しながら。

「どうして世界は滅んだのか、人類はいないのか、アンデッドまみれの死の星なのか
――」

――昔々、この世界は人で溢れ、魔法と科学で豊かに発展していた。

一部の地域では小競り合いが絶えないし、国家間の貧富格差や政治の腐敗は酷かったが、全体的に見ればそれなりに平和ではあった。

「そこに魔王が現れたのさ」

「魔王？」

「世界を滅ぼそうとする危険度超級の魔法使い――その名をゴウゼン」

魔王、ゴウゼンは天才的な巫術師《シャーマン》だった。シャーマンとは超自然的存在と通じることで奇跡を起こす魔法使い。彼はこの星全体をめぐる魔術的エネルギーの流れ――魔素脈《マナライン》にすら直接干渉できる手腕を持っていた。

「彼は俺の上司だったんだ。お仕事仲間ってこと」

「……おまわりさんだったの？」

「うん。ゴウゼンはすごいおまわりさんだった。……マナラインに干渉して、世界中

の人間の数を減らそうと目論めちゃうぐらい」

「なんでそんな……」

「ああ。俺と、他の仕事仲間と一緒にな、質問したよ」

なぜ、こんなことを。

そう問えば、魔王はこう答えた。

「世界人口を減らし、残された『迷える子羊達』の前に救世主として君臨し、完全な統治と秩序を敷くためだそうだ。犯罪や悪をなくすためなんだと。今の世界は無秩序すぎて、いつか壊れちゃうかもしれないからって」

「難しい……」

「分からないのが当たり前だよ、机上の空論すぎるし、成り立つための犠牲が多すぎる。とまあ、そゆわけで俺達は魔王には賛同できなかった。かつての仲間である魔王が、どれだけ一生懸命に説得をしてきても、だ」

「それで、どうなったの？　ネクロマンサー戦ったの？」

「戦ったよ、すごーく頑張った。仲間がね、いっぱい死んで……俺は彼らの死体すら操って戦ったよ。そうでもしないと俺も生きてる仲間も危なかった。それだけやっても、あと一手が足りなかった」

魔王はマナラインを乱すための魔法を発動していた。魔王を無力化するのに時間を取られすぎたネクロマンサー達は、それが停止不可能な段階にまで進んでいたことを理解した。

その場にいた魔法使い達は理解した。これから何が起きるのか——魔素脈《マナライン》からは人間が即死するほどの、『汚染』と呼んでいいレベルの超高濃度の魔力が、風となってこの世界に吹き抜けるだろうことを。

「仲間達はすぐにそれを阻止するための魔法を使い始めた。もちろん頭では理解してる。もう停止させることなんて不可能だ。それでも、〇・一パーセントでもいい、もしかしたら、ひょっとしたら——そんな希望に全部を懸けたんだ。最後まで諦めなかったんだよ」

「……ネクロマンサーも？」

「俺？　ははは……」

ネクロマンサーは天井を見上げたまま、困ったように笑った。

「俺は諦めた。やるだけ無駄だ意味がない。だってあのゴウゼンの命懸けの大魔術だぜ、瀕死の魔法使いが寄ってたかったところでどうにもならんのは明白だ。もう駄目だこれはマジで助からない……皆もきっと分かってた、だけど皆はそれでもと足搔いたんだ。一方で——助からないとふんだ俺は……」

その死に関わる魔法を使って、一時的に自分の体と魂を彼岸に避難させた。奥の手も奥の手な大魔術だ、行使には時間のかかる秘技だ。

つまり、ネクロマンサーは『足掻き』には参加しなかった。仲間達を手伝わなかったのだ。なぜなら——死にたくなかった。単純すぎる、原始的な理由だ。寿命で死ぬことこそ彼は是《ぜ》とするが、そうでない死に方は受け入れられない。天命以外の死を是とすることは、腹にナイフを刺されることを受け入れることや、治療を自ら拒否することと同じだからだ。

もちろん、彼だって守りたかった。自分の家族、友人、知り合い、故郷、親しんだ世界を。それでもあの時、どうしようもなく理解してしまったのだ。足掻いても無駄なのだと。どうにもならないと。このひとときは墜落しゆく飛行機と同じなのだと。

だから、逃げた。せめて自分は生き延びたくて。

「シジマ、逃げるのか？」

——それはその時、今際《いまわ》のゴウゼンから問われた言葉。

「違う……」

シジマは声を震わせた。内心では「何も違わない」と冷静に自嘲しながら。

「俺はただ、生きたいだけなんだ」

そう言うと、魔王は不思議と、穏やかに笑ったのだ。

「ならば見届けるといい。失敗した私の分まで。元気でな、シジマ」

かくして魔王の、惑星中の命を潰《つい》えさせる魔法は発動した。

「あの時、俺が手伝ったら止められていたんだろうか。俺の行動は正しかったんだろうか？　人間として正しいのは、義を貫くこと？　生存すること？　一人生き残ることと、皆と一緒に死ぬことと、どっちが正しい？　死にたくないと思うことは罪？　俺は死んだ方が良かった？　……まあ、答えなんてないんだろうさ。そういう倫理を定める種族は、死の風にあてられて全滅しちゃったからね」

淡々と綴られる言葉を、ユメコは無言で傾聴している。なので彼は続けた。

「そんで、俺の魔法の効果が切れて——この世界に再生した俺が見たのは、魔素脈《マナライン》の乱れと死の風によって、死んだ者達に魔力が宿り、アンデッドとして立ち上がって徘徊する世界だった」

魔王の目論見は、世界中の人口を減らすもののはずだった。だから生存者がいるかもしれない、ネクロマンサーはそう思った。

しかし——いなかった。生きている人間はどこにもいなかった。まさかゴウゼンの魔法は誤作動を起こして暴走したのか？　それとも生き残りはアンデッドに殺戮されてしまったのか？　端から皆殺しが目的だったのか？　魔王は自分の死を悟り、皆殺しの方向性に変えた？

もしくは……

（全員死人にしちまえば、俺はその死人の世界で支配者になれるわな）

ゴウゼンは、逃げて生き延びるシジマへと、世界の全てを寄越したのだろうか。罪なき世界の統治者とさせるため？　一大事の場面で逃げ出した腰抜けを罰するため？　あるいは一度ゼロにした世界を蘇らせるため？

今となっては分からない。烈《はげ》しい死の風を浴びたゴウゼンは、魂すら燃え尽きたことだろう。そうなればネクロマンサーでも蘇らせたり、召喚することはできない。そもそもシジマ本人が、もうゴウゼンの顔も見たくない。だから本人に理由を尋ねることは、できない。

「そういうわけで、俺は生き残った唯一の人間になったのでした。おしまい」

「……」

ユメコは神妙な顔だった。ぐっ、と眉間と顎にシワが寄った。

「……ネクロマンサー、世界滅亡の話、いっつも話す度に変わるもん！」

少女はぷくっと頰を膨らませ、ネクロマンサーの胸板を布団の上から手でぱふぱふした。

「ねえ、どれがほんとの話でどれが嘘の話⁉︎　隕石？　パンデミック？　戦争？　異常気象？　魔王？」

「んん～どれだろ～」

ネクロマンサーは冗談めかしてからから笑う。「も〜！」とユメコは唇を尖らせた。

「あとは『俺が魔王として世界を滅ぼしてやった』もあったし、『異世界転生してきたチーレム野郎とガチンコ勝負したらこうなった』もあったし、『宇宙人の侵略』もあったし！　なんでいつも話かわるの？」

「もし全部ホントの話だったらどーする？　この世界は何度も再生しては滅んでるとしたら？」

「……」

下唇を引っ張られているネクロマンサーからの不意の問いかけに、ユメコは手を離すと、しばし真面目な顔で考え込んだ。静寂を湛えた紫色の眼差しに見守られ、ユメコはこのように結論を下す。

「知らない！　だってよく分かんないし、今は関係ないことだもん！」

元気よく放たれたその回答に、ネクロマンサーは「アハハハハ確かに」と笑って肯定した。ユメコもつられるようにクスクス笑って、彼の体に布団の上から身を倒れさせ預けて、見えない顔を見る。

「もし、何回も世界が……ぐるぐるしてるのが、ほんとの話なら。ネクロマンサー、ずっと生きてることになるね。ネクロマンサーは何歳なの？」

「永遠の十七歳ぞ」

「そうなんだ！　すごいね！」

「だろ？」

ネクロマンサーは布団から手を出して、ユメコの体を抱きしめた。心地良さそうに目を細める少女は、撫でる手に頬をすり寄せて甘えつく。

「ネクロマンサー、早く風邪なおしてね。……ネクロマンサーがいないと、ユメコ寂しい。ネクロマンサーが元気だと、ユメコも元気」

「ありがとう、ユメコ。俺も一人は寂しいよ」

「どこにも行かないでね。どこにもだよ、約束だよ」

「任せろ、俺は無敵で最強の魔法使いだからな。約束だよ」

「うん、約束！」

「じゃあ俺は風邪を治すためにガチ寝します。おやすみなさい」

「はーい！　おやすみなさーい！」

話しかけたい気持ちをぐっと堪えて、ユメコはネクロマンサーの体の上に寝そべるように身を預けたままの姿勢で、彼が寝付くのを静かに見守っていた。やがて彼の寝息は規則正しく、ゆっくりとしたものになる。

「よしよし……」

できるだけ小声で呟いて、ユメコはネクロマンサーの頭を撫でた——いつも彼がそうしてくれるように。ジョリジョリとした触り心地だ。彼は髪を短く刈っている。ちょっと前は伊達なオールバックだった時期もある。「モヒカンにしたこともあるよ」とはいつか言っていた言葉だ。

「……」

ユメコはネクロマンサーをじーっと見守っている。でも、見守っていてもどうにもならないことは幼心にも理解できていた。そっとしておいた方が深く眠れるだろう——そう思っては、離れたくない気持ちもあるけれど、ユメコは物音を立てないようにネクロマンサーから離れて、部屋からも出た。

(何しようかな……)

ひとまずは家事。掃除機かけてもいいよとはネクロマンサーが言っていたが、ユメコには憚《はばか》られた。彼の眠りを守ることが、彼の回復に繋がると思ったのだ。

というわけで、ユメコは雑巾を使って隅々まで拭き掃除をする。音をできるだけ出さないように気を付けながら。日々掃除をしっかりしているので——時間がとにかくたっぷりあるため——家の中はユメコが思ったより綺麗で、掃除のしがいがあんまりなかった。

そこまで得られなかった達成感を胸に、ユメコは洗って絞った雑巾を干した。時計を見る。遂にユメコは時計の見方を理解し始めていた——そしてほとんど時間が経っていないことを知った。

（ネクロマンサーは、まだ起きてない……）

まだ風邪は治っていないと判断していいだろう。外に遊びに行く気持ちにもなれず、ユメコは冷蔵庫からチョコを取り出した。ビスケットをチョコでコーティングしたやつだ。しょっぱいビスケットとチョコの甘さで幾らでも食べられるすぐれものである。

ユメコはソファに腰かけてチョコビスケットを頬張っている。冷蔵庫で冷やしていたのでチョコはパリッパリだ。幸せな甘みと、素敵な香ばしさの調和だ。おいしい。きっとネクロマンサーも「おいしい！」と喜んでくれるだろう。

「ネクロマンサー、ちょっと食べる？」

ほぼ無意識的にそう言って——そうだ、彼は寝込んでいたのだ。ユメコは溜め息と共にパッケージを閉じて、残ったチョコを冷蔵庫に押し込んでおいた。

冷蔵庫をバタンと閉じれば、また静寂だ——ネクロマンサーが工房にいる時は寂しさや不安なんて感じないのに、居間に一人きりになっているユメコは落ち着かない心地だった。

何かネクロマンサーのためにできないだろうか、ユメコは考える。そして、思い付くのだ。思い付いたきっかけは、先日の夜更かしの時の会話だった。

――「生きてる人間がいたら、ネクロマンサーは会いたい？」

――「まあね。もし大変な状況にいるのなら見捨ててはおけないし」

確かにネクロマンサーはそう答えたのだ。

（ネクロマンサー、生きてる人間に会えたら、元気でるかな）

人間が滅んでしまったことは知っている。だけど、ネクロマンサーという生きている人間がいるのだから、同じように生きている人間がいるかもしれない。ユメコはそう考えた。

（よし……生きている人間を、見つけにいこう！）

ユメコは自分の発想が我ながら天才的だと感じた。リュックに食べ物と飲み物を詰め込むと、ゾンビ少女は物音を立てないように気を付けながら、家から外へと出発する。特に玄関のドアをそーっと開け閉めするのには苦心した。

（ネクロマンサー……待っててね……！）

家から数歩、振り返ってネクロマンサーが眠っている部屋の方を見て、表情を引き締めたユメコは勇むように廃墟の町を歩き始めるのであった。その右手には、硝子細工の薔薇のような魔法の杖が握られていた。

広い往来を、小さな少女が一人歩く。

墓場のように静かな町だ。並ぶビルは墓標のよう。窓は割れてしまっているものばかりで、地面は雑草がほうぼうに生え散らかしている。燦燦《さんさん》と太陽だけが眩しい。モノトーンと緑ばかりの世界で、少女の愛らしいドレスの色彩が鮮やかだ。

危ないから結界の外に一人で出てはならない――ユメコはネクロマンサーからそう言いつけられているし、彼が言う「危ないから」がどれだけ危ないのかも、先日の海遊びで身に染みるほど理解している。

それでもユメコは結界の外へ、意を決して足を踏み出した。それは懲りてないからとか、慢心しているとかではない。確かにリスキーではあるが、ユメコにとっては「人間を見つけたらネクロマンサーが喜んで元気を出すかもしれない」という希望の方が大きかったのである。

もちろん、何の心構えもなしに飛び出したわけではない。

「暗がりには近づかない……水辺もだめ……暗くなる前に戻る……やな感じがしたら、すぐ離れる……」

教わったことを確かめるように繰り返す。ここは昼間の陸地で、通常はアンデッドの非活動時間だ。日の届きにくい深い水辺になると話は変わってくる、だから海は危ない——ユメコはネクロマンサーの言葉を思い出していた。

そうしながらも、ユメコは周囲に警戒を張り巡らせる。不意打ちで一撃必殺さえされなければ、ユメコは強い。ネクロマンサーがそう作ってくれた己自身を、創造主を信頼しているがゆえに、信じている。

「おーい！　人間、いませんかー！」

だだっ広い道路。ユメコの幼い声が静かなコンクリートに木霊《こだま》した。少女は耳を澄ませる。返事らしきものは聞こえず、吹き抜ける風が育ちすぎた街路樹をさわさわと揺らした。

「ネクロマンサーがね、あのね、人間に会いたがってるの！　おーーい！　にんげーん！　いたら返事してー！」

——やはり静寂だ。

人間は皆、死んでしまったとネクロマンサーは言っていた。やっぱりそれは本当なんだろうか、とユメコは耳を澄ませたまま考える。

「いや、でも、隠れてるかもだし……」

ユメコは考える。人間はどこに隠れているだろう？　そうして考えて、思い付いたのは、駅だ。ネクロマンサー曰く、昔はあそこにメチャクチャ人間がいたらしい。メチャクチャいたってことは、今も残ってるかもしれない？

「よし……駅だ」

駅への道のりなら、先日行ったばかりなので覚えている。ユメコは割れたアスファルトの上を歩き始める。かすれた白線を命綱のように渡りつつ、こないだの夜更かし遊びは楽しかったなぁと思いを馳せた。

（ラーメン……）

そう、駅でラーメンを食べた。ラーメン、というキーワードでユメコは思い出す。ネクロマンサーは醤油味のラーメンが好きだと。いつも彼は醤油ラーメンを食べる。つまり、醤油ラーメンを持って帰ってきたら褒めてくれるかもしれない――「すごいぞユメコ、えらい！　でかした！　一人で食べ物を取ってくるなんて、最強じゃないか！」と。

「……むふ」

脳内褒めシミュレーションだけで、ユメコは口許を綻ばせることができる。撫でてくれる魔法使いの優しい手が好きだ。抱き上げてくれる腕が、見えにくいけど大きく口を開けて笑って喜んでくれるところが好きだ。ヒゲの剃り残しのある頬でジョリジョリ頬擦りされるのも好きだ。

世界は滅んでいる――だからユメコの世界はネクロマンサーが全てなのだ。あの民家が少女のいたいけな箱庭。ユメコの全てが詰まっている場所。

そうして歩いて、歩いて、やがて先日通った道にたどりつく。明るいところを努めて歩いたことが功を奏したか、幸いにしてアンデッドに遭遇はしていない。もう少し歩いていけば、あの駅が見えてきた。ユメコは先日と同じように改札を潜って、先日となんら風景が変わっていない駅の中に入る。

「にーんげーん！　おーい！」

駅内をうろうろしながら、声かけは忘れない。だけどもやっぱり返事はないまま、プラットホームにまで着いてしまった。やっぱりそこにも人間はいなかった。

「人間……いないのかなぁ……」

アンデッドも見当たらない、人間もいない、世界は恐ろしいほど無音だった。なんにもない無音無人の中で無言のまま立ち尽くしていると、ユメコは何とも形容しがたい不安感を感じた。周りの無に自分が飲み込まれて、自分がなくなってしまいそうな。不思議だ。一人で遊んでいる時も静かなはずなのに。安心安全な家と、油断できない外との違いだろうか。近くにネクロマンサーがいないからだろうか。

そうだ、今、傍らにネクロマンサーがいない。ユメコは込み上げてくる寂しさや不安感を振り払い、リュックからチョコレートバーを取り出した。細かいナッツと砕かれたクッキー生地入りの食べ応えがあるやつだ。自棄めいてそれをボリボリ豪快にかじり、甘い味を感じながら、少女は踵を返して走り出す。駅に人間はいなかった、もうここに用はない。ダッシュの勢いのまま、無駄に元気に駅前コンビニに駆け込んだ。

「ラーメン、ラーメン……。あ！　人間いたら返事してね!!」

大きな独り言と共に商品棚を探していく。やがて、この前食べたものと同じカップラーメンを発見した。醤油味！

「あったーーー!!」

ユメコは両手ではっしとつかむと、大切に大切にリュックの中にしまいこんだ。

「あとは……人間をみつけるだけ！」

ラーメンがあったのだから、人間もいるかもしれない。ユメコはそう自分を勇気づけた。ありあまる膂力《りょりょく》のままに、町を軽やかに走っていく。

「人間、ぜんぜん見当たらないし！　これは……罠をしかけた方がいいのかも……」

音のない空間に抗うように独り言を呟き、ユメコは考える。罠と言ったがアニメで観た落とし穴ぐらいしか知らない。しかも周囲は固いアスファルトで掘れる気がしない。罠作戦はうまくいかない気がする、とユメコは結論に至った。

と、目についたのは高いビルだった。あの建物は見晴らしがいいだろう。人間を見つけやすいかもしれない。

「アレだ！　……よーし、待ってろよ人間ッ！」

ユメコはタフネスにものを言わせてビルへと一直線に走る。今なら人間が見つかりそうな気がする、そんな根拠のない自信がユメコの心に満ち溢れていた。

そのビルが何のために作られたもので、何に使われていたのか、ユメコは知らない。割れていたガラス扉から中に入る。エレベーターは動いていない。となると上に行くには階段を使わねばならないのだが、電気が通っておらず窓もない階段は夜のように真っ暗だ。

……昼間でも、暗がりにはアンデッドがいる可能性がある。

「う……」

どうしよう、とユメコは考える。でも、待てよ――確かこういう高い建物には、外にも階段があったはずだ。ユメコはＤＶＤで観たことを思い出す。なので暗くて危ないそこからは離れることにした。ビルの周りを探してみれば、目当てのものを発見する。非常階段だ。

「あったー！」

これで高いところに安全に行ける。ユメコは自分の機転にちょっと得意気になった。

かくして、かんかんかん――と金属の音を立てて上っていく。高いビルなのでなかなか大変だが、ユメコの身体能力は比喩でなく『人外的』だ。休むことも疲れることもない。屋上へは鍵のかかった扉があったが、それもパワーで解決した。

「ほわー、高い」

ユメコは丸くした目で風景を見渡した。足元に緑をいっぱい茂らせた、ひしめく建物達が上から見える。ビュウと風が吹き、少女の髪とスカートを揺らした。

「すごーい……」

上からの景色は、ネクロマンサーの箒に乗せてもらった時ぐらいしか見る機会がない。ユメコにとっては新鮮なものだ。柵に手をかけて視界に収めている。

(ネクロマンサーにも、見せてあげたいな……。今度つれてきてあげよっと)

そう思いながら、ユメコは発声のために肺へめいっぱい空気を送り込んだ。

「おおーーーい！　人間！　いますかー！　どこかにー！　おーい‼」

おーい、おーい、おーい……少女の声がゴーストタウンに木霊する。ユメコは耳を澄ませ、屋上をちょろちょろと移動しながら、上から人間の姿がないか探していく。

それでもやっぱり見当たらなくて……ユメコは何度目かの溜め息を吐いた。柵越しの景色を漫然と見る。

と、諦めかけたその時だった。

ちょうど向かいのビルの、中頃の窓だ――暗がりの中に人影を見る。ビジネススーツの男だった。

人間だろうか？　ユメコは目を凝らすが……ぎょっとした。男は青白い顔をして、その顔は怨恨《えんこん》によって人の造形を超えて歪みきり、目はユメコを凝視していた。

――アンデッドだ。

「うわ……」

距離があっても伝わってくるほどの、憤怒や憎悪や妬みや恨み。『悪意』だ。ユメコは思わずたじろぎ、後ずさる。

あんまりよくないやつだ。呪いに満ちた死霊。「ああいうのはしつこいからあんまり関わらない方がいい」とネクロマンサーが言っていた。彼から教わった通り、死霊から目をそらし、意識しないようにユメコはそっと後退していく。

できるだけ離れた方がいいだろう。少女は風の吹く階段を足早に降り始める。怪我をしたらネクロマンサーを心配させてしまうし、風邪を引いている彼に修復作業を頼むことになる。だから変にアレを刺激するのは得策ではない。

（つ……ついてきてる……）

ユメコは件《くだん》の死霊の気配を感じていた。すぐ傍ではないが、決して遠くもない。奴と目が合わないようにうつむきながら、ユメコは足を速めた。

そのまま家への道を急ぐ。人間探しどころではない、今はアレから離れなくてはとユメコは気持ちを急かせた。

けれど……。

（まだついてきてる……！）

まるでテレポートのように、物陰のどこか、視界の隅に奴は現れるのだ。

（だったら……！）

ユメコは駆けながら足にぐっと力を込めた。助走の要領で跳躍し、狭い路地の壁を蹴って跳んで加速する。一直線の最短で移動することで、死霊を振り切ろうと考えたのだ。次々とユメコは小さな体を躍動させていく。風を切る音が耳の横を通りすぎる。

そうして高速で跳んでいれば、景色はやがて住宅街へと変わっていき――結界が見えてきた。あそこに飛び込めば、もう奴も追ってこれまい。ユメコはホッとしながら、速度は落とさず結界の中に飛び込んだ。

直後である。バチッ、と静電気が強く爆ぜるような音がした。何事かと空中のままユメコが振り返れば――そこにあの死霊が張り付き、崩れた顔を少女へと向けていた。

「わあぁ⁉」

流石にビックリした。おかげで着地に失敗したユメコは、アスファルトの上にゴロゴロと転がってしまう。

その間にも、死霊は結界に張り付いて手を打ち付けている。結界を破壊して中に入ろうとしているのだ。

「……」

ユメコはスカートをはらって立ち上がり、アンデッドの方へと体を向けた。件の怪物を見澄ました。

少女の背には、彼女と最愛の魔法使いが住む家がある。奴に結界を壊され、あそこに踏み入られることは、ユメコにとっては何にも替えがたく許せなかった。何よりネクロマンサーは今、寝込んでいる。静かにしておかないとダメなのだ。

……なのにコイツは！

「うー……！」

ユメコの瞳孔が縦に鋭くなる。歯列を剥く少女は、指先より骨の爪を展開した。

「壊させない……！」

ユメコはただの女の子ではない。だから怯えて泣いて何もできない無力な子ではない。

護りたいものを護るために、少女は脅威へと立ち向かう。強く地を蹴った、加速——自らの意志で結界から飛び出し——死霊の顔面に白亜の爪が突き刺さる。いや、い、いや、通り抜けた。

「うわ、わあ⁉」

まったく感触がなくて、ユメコは勢いのまま地面に転がった。そのまま鋭く立ち上がる。

「すりぬけた……⁉」

振り返る死霊が首だけをぐりんとユメコへ向けた。憎悪の形相。めきめきとその両手の指が、幾重もの枝のように変化していく。刹那である、鋭い槍《やり》のような器官が大量にユメコを強襲したのは。

（すりぬけたんじゃない……すぐ治ったんだ……！）

襲い来る斬撃《ざんげき》を掻い潜り、あるいは掠《かす》り、切り裂かれ、抉《えぐ》られて――血の出ない体に痛覚はない――ユメコは状況を理解し、驚愕する。なんと驚異的なアンデッドだ。ちょっとやそっとじゃ決定打にならない……！

（もっと一撃でドカーンと……）

でも、どうやって？　――魔法がある。ネクロマンサーがゾンビと組手をしていた時、魔力補強した拳でゾンビの頭部を木《こ》っ端《ぱ》微塵に吹き飛ばしていた。アレだ。アレならば。少女は魔法の杖を握る。

「イメージ、イメージ……ッ！」

世界に存在する魔力の流れを束ねるような。それを具体的な力に変えて、自分の爪にまとわせるような。

集中のために目を閉じる。そうすれば死霊からの攻撃で、体に無数の穴が開いたり肉がこそげたり骨がやられたり中身がこぼれたり——それでもユメコは死んだりしない。もう死んでいる肉体だから。

集中を続ける。思い描くのは、ネクロマンサーが見せてくれる魔法の炎。あれを——どうにか——うまい具合に——大好きな彼の安眠を護りたいから、元気でいて欲しいから、どうかどうか——

「燃えろッ……！」

願って念じた。ボロボロの腕で杖を振るう。そうすれば、だ。白い骨の爪に青白い炎が灯る。魔法の炎だ。

「で……できた⁉　できた！」

半分ビックリしながら、再び襲い来る死霊の攻撃を、青い火の爪で迎撃する——切り落とす。今度は感触があった。

じり、と焦げるにおいがする。まだまだ制御の甘いユメコの魔法は、彼女自身の体すら徐々に焼き始めていた。しかし少女はそれを恐れたりはしない。多少焼けた程度で朽ちない体に作ってくれたのは、最愛なるネクロマンサーだから。

「……いくよ！」

傷だらけの体を無理矢理にでも動かす。一撃でブッ潰す。そんな気概を込めて——肉薄する——今度こそ——……。

——夕方の少し前。

「寝すぎた……すごく……とても……」

目を覚ましたネクロマンサーは、呻き声めいたものを発しながら布団の中で伸びをした。寝すぎて体がこっている。男は上体をゆっくり起こし、硬くなった肩やら首やらをストレッチした。

「どっこいせ、っと……」

わざとらしいかけ声で起き上がる。おかげさまで体調不良はすっかり消えていた。やっぱり睡眠は最強の薬だなぁとネクロマンサーはしみじみ思った。もともと彼は健康極まりないタイプなのである。怪我と親知らずの抜歯以外で最後にお世話になった病院は小児科である。多分。

それから彼は周囲を見渡し、耳を澄ませた。ユメコの気配がしない。外に遊びに行ったのか、と思いながら起き上がった。

「うおあー寝汗がやべぇ」

とりあえずシャワー浴びるか。回復した男は浴室へと向かう。「腹減ったなぁ」と歩きながらTシャツを脱いだ。脱いだものを洗濯機に投げ込んで浴室に入る。温かいシャワーを浴びながら——空腹を感じていた。お腹が空いた。なんかガツンと食べたい。体調不良の時のあの食欲のなさが嘘のようだ。

「こういう時は、アレだ……カレー作るか」

というわけで。

シャワーを終え、キッチンに立ち、エプロンを身に着ける。昔はエプロンなんぞハイカラでシャレオツなものは持ってすらいなかったものだ。ユメコと共に暮らすようになって、彼女が「エプロン欲しい！」と言ったからだ。今ではすっかりエプロンが習慣になってしまった——タンクトップとボクサーパンツにエプロンなので、正面から見るとかなり見た目が際どいが。

今はユメコがいない。普段なら彼女に具材を出させたり、ピーラーでの皮剥きを頼んだりするのだが、今回は全て一人だ。

さて、彼女は帰ってきた時に喜ぶだろうか、もしくは「お手伝いしたかった」と口を尖らせるだろうか——どちらになるか考えながら、ネクロマンサーは牛こま切れ肉を鍋で炒め始める。

作るのはスタンダードな家カレーである。にんじん、ジャガイモ、玉ねぎ、市販のルー。ルーのパッケージ裏に書いてある通りのありふれたレシピ。特別なことは何もしない。「カレーライスの味」と言われて思い浮かべるようなそれだ。刻んだ野菜も適当に炒める。多くの人間が家庭科の授業の調理実習で一度はやったことがあるだろう工程。特筆すべきことが全くない調理法。

そうしていく内に、窓の外は夕方になっていた——その頃にはルーを溶かしながら煮込むプロセスになっていた。片足の爪で片足の脛《すね》をだらしなくかきながら、鍋の中のカレーを混ぜるネクロマンサーは『ありふれたカレーの香り』にふと思いを馳せる。夕暮れの帰り道、民家のどこかから漂うカレーの香り——それはノスタルジックというやつだ。

（はぁ……梅田で食べたグリーンカレー、おいしかったなー……）

さておき思い出す、店カレーの味。大阪、梅田ダンジョン。通り過ぎた者がすれ違い様に「ここ、さっきも通った道だ……」と、絶望的な声で遭難者のテンプレートのような言葉を呟いていたっけ。

（あの辺、今どーなってるのかなー）

いろんなことを思いながら、ネクロマンサーは傍らに置いたコップの中の牛乳をぐいっと飲み干した。「プッハー」と無駄に独り言を添えつつ、空っぽになったコップを置いて、火を止めた。

「さてと」

エプロンを脱ぐ。おもむろに居間のガラス戸へと歩き始める。それから、ガラリと開けた。

「ユメコ、お入り」

日の落ちた暗がりの中、窓辺の傍ら――小さく座り込んだユメコが膝を抱えて、くすんくすんとべそをかいていた。

彼女はボロボロだった。片目は穴が開いているし、肉がそげて骨が見えている箇所もあるし、深く裂けた胴体からは中身がちょっとはみ出ていた。両手に至ってはひどく焼けてしまっている。

「……」

ユメコは赤い鼻をしてネクロマンサーを見上げた。少女を見下ろす男は、優しく彼女を見守っていた。

「……帰りが遅いから、ユメコの目を通して『見た』んだ。そしたらずっと庭にいるからさ」

一目見てネクロマンサーはほとんどを理解した。ユメコが結界の外に出たこと。それにはきっと何か理由があっただろうこと。結界の外に出たことで、アンデッドと戦うことになったのだろうこと。その結果、怪我をしたこと。怪我の具合から見て拙《つたな》いながらも魔法を使ったのだろうこと。そして……これらのことでユメコは罪悪感を感じて、玄関から入るに入れず、こうして庭で煮え切らないまま小さくなっていたのだろうこと。

「頑張ったんだね」

怒ってないことを示しながら、男はしゃがみこんで「おいで」と手を広げた。そうすれば――

「ネクロマンサ～～!!」

ユメコはわあっと泣き出して、魔法使いの体に飛び込んでくる。ぎゅーっと強く抱きついて、ぴーっと感情のままに泣いていた。

「よしよし。ユメコ、おかえり」

問いただすのは後でいい。ネクロマンサーはちゃんと帰ってきてくれたユメコを優しく抱き返して、小さな背中をぽんぽんとたたいた。

●

工房で損傷箇所を修復する。手術台に横たわるユメコは首を横向け、魔法の糸で修復を行っていくネクロマンサーを申し訳なさそうな目で見ていた。

「……あのね、ネクロマンサー」

「ん？」

「……ユメコ、人間を探しに行ったの」

「へえ、そりゃまたどうして？」

手を休めないまま、魔法使いはユメコの言葉を促した。ユメコはこう続けた。

「ネクロマンサーが……人間に会えたら、元気でるのかなって……」

「そっかぁ～。俺のために？　ありがとう、ユメコ。いっぱい心配かけさせちゃったなぁ～……」

彼が滅多に体調を崩すことがないだけに、ユメコにとって『ネクロマンサーの体調不良』はのっぴきならないことに映ったのだ。確かに普段メチャクチャ元気な人が寝込むと驚いてしまう。健康すぎるのも考えものだな、とネクロマンサーは心の中で独り言ちた。

「それで……成果はいかほどでしたか」

ネクロマンサーが問うと、ユメコは残念そうに首を横に振った。

「いっぱい探した……こないだ夜更かししたときの駅に行ったよ。おーい、っていっぱいいっぱい呼びかけたの。それでね、だけどね、返事なくて」

「うんうん」

「高いところからなら、見つけやすいかなって、それでながーい家に行ったの。……

あ、そのまえにコンビニ行ったよ。ユメコのカバンの中、みてみて！」

「今？」

「今！　見て！　今！」

「ちょっと待ってろ～」

ネクロマンサーは着手している最中の箇所の修復を一区切りさせると、傍らに置いていたユメコのリュックを開いた。そこにあったのは、

「……カップラーメンだ」

「うん！　見つけたんだよ！　コンビニ！　醤油味すきって言ってた！」

ユメコは表情を輝かせた。ネクロマンサーは少女の健気な愛に温かな気持ちになり、「そっかぁ～～」と笑みながら彼女の額を何度も撫でた。

「嬉しいからカレーと一緒にラーメン食べるわ」

「すごい……ネクロマンサー、カレーもラーメンも食べれるの？」

「メチャクチャお腹すいてるから余裕余裕余裕」

「強い」

ユメコはネクロマンサーの胃袋に感心し、それから「ラーメンが無事でよかった」と呟き、言葉を続けた。

「……ラーメン取った後にね、長いお家の階段を上ってね、そしたらね、アンデッド

がいてね……前にネクロマンサーが言ってた、呪いの、やばい、ダメなタイプのやつ！」

「あー怨念たっぷりの死霊ね」

「うん！　近づかない方がいいってネクロマンサー言ってたから、ユメコ逃げたの。でもね、そいつ、おっかけてきて」

「ユメコの感情に反応したのかなぁ……それで、どうなったの？」

ラーメンを大事に置いてから修復作業に戻り、ネクロマンサーはユメコを促した。傷を負った理由についてだ。見当はつくが、ユメコの口から聞きたかった。ユメコは身振り手振りしたいのをグッと我慢して──彼の手元が狂うとダメなので──語り始める。

「それでね……結界の中にユメコ入ったんだけど、そいつ、結界のすぐ外にいて、バシバシしてたの！　結界に！」

「結界のとこまでついてきたのか、結構えげつなくてキッツいアンデッドだなぁ、それ」

「うん……それでね……このままだと結界、壊れちゃうかもって……ネクロマンサーが起きちゃうかもしれないし……ネクロマンサー、風邪ひいてるから、そういうのいけないでしょ」

「そうだねぇ」

「それでね！　そー考えたら、そいつに腹立ってきた！　なんでそんなことするの！　ってユメコ思ったわけ！　ネクロマンサーは寝てないとダメだったんだもん！」

「で、戦ったのか」

「がんばった！　……ちょっと強かったけど、ユメコ勝ったよ！　魔法も使えたの！　炎がね、爪にブワーッて！　すごくない⁉」

ユメコは綺麗に治った方の手でVサインをした。……が、直後にはションボリとした顔を見せてVサインを引っ込めてしまう。

「……勝ったけど、ユメコぼろぼろになっちゃったから。結界の外に出たことバレちゃうし。ネクロマンサーに怒られると思った。……風邪もひいてるのに」

そういうわけで、ユメコは帰ってきたが家の中に入るに入れなかったのだ。申し訳ない気持ちゆえ、庭の片隅で小さくなっていた。そのままじっとしていると、いいにおいがしてきて――ネクロマンサーがすぐそこでお料理していることが分かって――寂しさと罪悪感が相まって、なんだか涙が出てきてしまったのだ。

「そっかそっかぁ、大冒険したんだなぁ。魔法も使えたなんてすごいじゃないか」

ネクロマンサーは優しく言った。「終わったよ」と修復作業の完了を伝え、新しい衣服を渡す。ユメコはシンプルなワンピースをもそもそと身に着けた。そんな彼女に、彼は続ける。

「……でもさ、やっぱり俺、ユメコが急にどっか行っちゃうと心配しちゃうからさ。結界の外に出る時は、俺にちゃんと一言伝えてね。約束できるか？」

そう言うと、ユメコは眉尻を下げて「うん……」と頷いた。

「それと……ユメコ、俺のこと気にかけてくれてありがとうね」

腕を伸ばし、魔法使いは手術台上のゾンビ少女を抱き上げた。柔らかく抱きしめる。そうすれば、ユメコは「ごめんなさい」と彼の肩に顔を埋めて先のことを謝って、それからその顔をじっと見上げた。

「ネクロマンサー、風邪なおった？　元気でた？」

「うん、おかげさまで」

「……よかったぁ～！」

ようやっと、ユメコは安心しきった満面の笑みを浮かべることができた。思わず力一杯抱きつけば、ネクロマンサーがその怪力に「グエ」と呻いた。

「それじゃユメコ、一緒にカレー食べようか。おいしいの作ったからさ。お米も炊きたてだし」

「食べる～～～!!」

「よーし、俺は今すごく元気モリモリだから、ユメコのこと抱っこしたまま歩いちゃうぞ」

「やったー！」

●

「――いただきまーす！」

明るいリビング、ユメコとネクロマンサーの声が重なる。

テーブルの上で湯気を立てるのは、炊きたてのツヤツヤご飯にたっぷりかけられたカレーである。ネクロマンサーの手元にはお湯を注ぎ終えてフタがされたカップラーメン（醤油味）もあった。飲み物は冷たい牛乳で決まりだ。

ちなみにカレーはユメコのために甘口だ。少女はスプーンを手に、温かいカレーを大きく口を開けて食べている。にんじんと玉ねぎの甘味、とろりとほくほくなジャガイモ、味わい深いお肉、優しい味のルー。お米と最強に合う味だ。優しくてあったかくて、ホッとする。

「おいしーい！」

「だろ～」

向かい合っての食事だ。昼にネクロマンサーが寝込んでいたので昨日以来である。

ユメコにとっては物凄く久し振りに感じられた。

「ふふー」

上機嫌に笑みながら、ユメコは温かいカレーライスを食べていく。混ぜずに食べるスタイルだ。ユメコは生まれて長い月日が経っているわけではないのだが、不思議なことに、カレーのこの甘みとボリュームはどこか懐かしさを感じるのだ。ひょっとしたら、素材になった人間達のＤＮＡに刻まれている記憶なのかもしれない。

もぐもぐしながら、ユメコは今日の冒険のことを思い返す。太陽を受けるコンクリート、青々と茂る緑、電線の細い影、風の吹き抜ける静かな道路。今度出かける時はネクロマンサーと一緒だ。危険なアンデッドの蔓延《はびこ》る油断ならない世界だけれど、ユメコにとっては未知に溢れた大冒険の舞台である。

「なあ、ユメコ」

ラーメンをおかずにカレーを食べている（あるいはカレーをおかずにラーメンを食べている）ネクロマンサーが、ラーメンをフーと冷ましながら正面の少女を見やった。ユメコは牛乳を飲んだ後、ティッシュで口元を拭う。

「なぁに、ネクロマンサー？」

「今度はさ、一緒に人間探しに行こっか。二人なら見つけられるかもね、効率二倍だし。二倍ってことはすごいってことだし」

「……！　行く!!」

　ユメコは目を輝かせ、身を乗り出した。

　――既にネクロマンサーは散々人間探しはやっている。数多のゾンビや死霊を使役して、世界中を探し回ったことがあるのだ。それでも人間は見つけられなかった。生存の痕跡も、何かしらの信号も。

　だけど、とネクロマンサーは思うのだ。もしかしたら、ひょっこり人間が見つかるかもしれない……そんな空想のような、ちっぽけな希望を抱いて、夢を見るのも悪くない。

「そうだ――人間探しもかねてさ、旅行でもする？　ユメコ、旅行したことないだろ」

「リョコウ……！　旅行したことない……！」

　ユメコが今までで一番遠くに出かけた場所で、海だろうか。少女は日帰りじゃない外出なんてしたこともなかった。目を真ん丸にしたまま、ＤＶＤで観た知識を引っ張り出す。

「旅行って、あれだ……温泉入ったり……ホテルに泊まったり……バスに乗るやつ……！」

「そうそう。とりあえずぶらっとさ、ノープランでさ、ほっつき歩いてみよっか。リユックにいろいろ道具を詰めてさ〜……大冒険だぞ」

「楽しそう……！　メチャクチャ楽しそう……！」

「だろ？　お家に帰りたくなったら帰る感じで。……テントとか用意しないとなー。まずはアイテムを揃えるところからだな」

「またあそこ行く？　ショッピングモール！」

「そうだねぇ。ホームセンターのがいいかもだ。うんうん、じゃあ明日から早速、準備にとっかかろうぜ」

「はーい！」

ユメコは元気よく答え、ワクワクが抑えきれない様子でカレーをかきこんでいく。

ネクロマンサーはご飯をおいしそうに食べるユメコを見守り、温かな気持ちに浸るのだ。

そして、ネクロマンサーは物思う。いつまでもユメコを狭い場所に閉じ込めっぱなしもよくないだろう、と。世界は広いのだ――文明は滅んでしまっているが、それでもいろんなものが残っている。美しい自然だってある。

だからこそ、これからは少しずつ彼女を鍛えていこう。いつか彼女がこの終末世界でも一人で生きていけるように、賢く強く。魔法の練習も頑張らねば。ユメコはきっと、世界で一番の魔女になれる。

「ネクロマンサー、どしたの？」

魔法使いは柔らかくユメコを見つめていた。その眼差しに気付き、ユメコが首を傾げる。彼は「ああ」とカップラーメンの麺をすすった。ジャンキーで大衆的な味。かつて栄華を誇っていた文明の味。ネクロマンサーには再現不可能な叡智の味だ。

「ユメコが取ってきてくれたラーメン、おいしいよ。醤油味だし」

「でしょ！　……カレーもおいしいよ！　さっきおいしいって言ったけど、何回でも言っちゃうおいしさしてるよ！」

「カレーは飲み物ですからね。多めに作ったから、あとでカレーうどんも食べような」

「食べる〜！」

ネクロマンサーの風邪が治って、おいしいカレーを一緒に食べることができて、楽しい旅行の予定も立って、ユメコは終始ゴキゲンであった。残ったカレーの一口をスプーンに載せる。それをあーんと頬張ろうとして――「あっ」とユメコはその手を止めた。

そしてネクロマンサーが「どしたの？」と言う前に、少女は天真爛漫にこう言うのだ。

「言い忘れてた！　ネクロマンサー、ただいまっ！」

その言葉に――……。

ネクロマンサーもまた、心からの笑みを向けて答えるのだ。

「うん、おかえりユメコ！」

灰色の廃墟、ほうぼうに生えた雑草、無人の町。今日も世界は滅んでいた。

夜の帳が下りたそこに、明かりが灯る家が一つだけ。

その家には『ゆめことねくろまんさーのいえ』と、幼い文字で書かれた板が貼り付けてあった。


終末世界でふたりきり。今日も二人は、生きていく。

了